Storie

Tome 2 : Volte-face

Elsa Levant

STORIE

Tome 2 :

VOLTE-FACE

Elsa Levant

www.soromance.com

À mon frère,

Philosophe comme un vieillard

« *Dernier argument des rois* »

Devise inscrite sur les canons de Louis XIV

Prologue

Pokerfaith
9 mai 2019, 22h51.

[...]

Depuis que je vous connais, l'expérience engrangée au cours de ma vie se révèle obsolète. Concevoir une stratégie machiavélique ne me pique plus, profiter de vous me semble odieux. Je ne souhaite que votre bien. Vous m'inspirez un amour éthéré, étonné de lui-même, croissant. Vous participez à ma personne au même titre que ma chair. Vous faites sourire mes pensées, vous époussetez mon cœur, vous électrisez ma vie. Vous me guérissez des frustrations entassées jusqu'ici. Mon existence prend un sens nouveau sous l'heureux joug de votre aura. Vous mêlez l'intelligence à la beauté, l'humour à la sensibilité, la passion au secret. Vous ne ressemblez à aucune autre.

Storie, je voudrais tout vous avouer de moi et tout récolter de vous. J'éprouve pour vous des émotions inconnues, un sentiment principalement. Est-ce réciproque?

Extrait de correspondance quatre

Storie
10 mai 2019, 7h50.

Votre lettre me renverse. La confiance que vous m'accordez est d'autant plus poignante qu'elle n'a pas de précédent. Vous savoir ainsi disposé à vous dévoiler me rassure. Sortant des ténèbres du doute, je me rapproche de vous.

Je dois avouer qu'à vos derniers mots, mon cœur s'est mutiné, embarquant à sa suite et dans un cri farouche les tourments que vous lui avez arrachés. Ils s'élancent vers vous à bras ouverts et veulent croire à cette histoire. Derrière le sentiment unique que vous évoquez se pressent pour moi mille autres. Passé l'élan premier, cette étrange légion trottine en territoire étranger, les sens en alerte. Elle tente de ne pas s'éparpiller, mais son esprit, lui-même, est dispersé. Elle ne sait plus à qui obéir, le cœur ou la raison. Comment peut-on développer un tel attachement à un homme inconnu ? Pourquoi ne pas le faire ? Mon cœur aimerait posséder l'insouciance d'un enfant.

En muselant mes réserves, oui, je partage votre sentiment.

Pokerfaith
10 mai 2019, 19h43.

Pour la première fois, je me sens entouré. Êtes-vous la meute dont j'ai rêvé tant d'années ? Cheminerons-nous ensemble alors que passent les saisons ? Me serez-vous fidèle comme mon ombre ? Sans même que je sache votre prénom ? N'est-il pas temps de nous rencontrer ? Cela apaiserait définitivement vos doutes. Vous pourriez observer que je suis un homme fait de chair, d'os et d'un cœur qui palpite pour vous.

Storie
11 mai 2019, 22h09.

Le temps semble s'être accéléré comme s'emballe un carrousel. Le paysage fond en couleurs diffuses, les cris se mêlent au craquement du bois et la tête me tourne. Souvenez-vous de vos mots : « Votre impatience à m'adouber me flatte, mais on ne tire pas sur une fleur pour la faire pousser ! » Ils illustrent mon ressenti. Je ne suis pas prête. Votre passé doucement apprivoisé, j'admets seulement votre fiabilité. Avant, vos mots semblaient rebondir sur mon crâne. Votre désir de prendre soin de moi m'apparaissait incertain.

J'accueille à présent votre rôle dans ma vie. Alors que je méconnais votre visage, vous m'apportez plus que tous les hommes greffés à mon histoire. Votre constance, votre présence, votre acharnement à me rassurer font de vous un compagnon idéal ; vous me consolez des écarts du destin. Êtes-vous celui qui solutionnera les rêves stériles, l'ennui et l'agitation, qui suppléera le frère qui me manque tant ?

J'aimerais que ce soit vous.

Pokerfaith
12 mai 2019, 8h10.

Qui est ce frère que vous regrettez ? Répondez si vous le souhaitez. Aborder d'épineux sujets m'angoisse tant je crains de vous perdre...

Votre compagnie essentielle s'est logée jusque dans mes cellules les plus réfractaires. Je me découvre une délicatesse insoupçonnée, une rêverie que je pensais prisonnière de l'enfance, des sentiments respectables. Ma boussole s'affole sous les vibrations de mon cœur devenu fragile. Sachez que vous pouvez faire de moi ce que vous voulez. Me rendre heureux comme enragé, flottant comme emmuré. Vous avez les pleins pouvoirs.

Cela suffit-il à m'accorder entièrement votre confiance ? Votre réticence à m'accueillir en vous me peine profondément.

Storie
12 mai 2019, 21h52.

Rassurez-vous : ma confiance progresse au fil des jours. J'attends notre échange chaque heure que la journée égrène. Hier soir, vous ne m'avez pas répondu et mon cœur s'est rabougri comme un papier brûlé. J'ai craint que ma dernière lettre vous ait heurté. Vous m'avez manqué. François Ier lui-même — malgré sa coupe de cheveux révolutionnaire — n'a pas réussi à me divertir.

Qui est mon frère ? Une silhouette que je n'ai pas vue s'éloigner, devenue un point à l'horizon. Une relation que je n'ai pas su conserver, comme le sable traverse les doigts. Dans une précédente missive, vous parliez de vos études. Les miennes riment avec la lente perte de mon frère.

Enfants, nous étions si proches ! Nos tempéraments opposés ne s'entrechoquaient pas, ils s'imbriquaient au contraire dans une complémentarité exemplaire. Si l'un se dévouait à une activité, l'autre entamait la sienne à ses côtés. Nous discutions énormément, échangeant nos observations, nos connaissances et nos contrariétés. Mon père nous appelait « les jumeaux », car l'un se présentait rarement sans que l'autre le talonne.

L'arrivée de l'adolescence ne nous a pas divisés. Nous nous intéressions peu aux flirts et aux beuveries, nos amis nous ressemblaient et nous les partagions volontiers. Au lycée, les quelques garçons intéressés ont vu leurs tentatives de rapprochement sabotées. Quant à mon frère — plutôt beau garçon —, il restait imperméable aux propositions de ses prétendantes. Il se disait « trop exigeant ». En réalité, notre relation ne laissait de place à personne d'autre.

Durant mes deux premières années d'études, nous nous appelions tous les jours. Il s'invitait dans ma chambre universitaire aux vacances scolaires. Il dormait sur le matelas au sol et moi sur les ressorts du lit. Libres de toute contrainte, je lui faisais découvrir l'ambiance des bars, lui présentant chacun de mes nouveaux amis.

Certaines filles le lorgnaient avec envie, mais elles s'effaçaient devant notre complicité.

Il est entré dans une grande école à Lyon après le bac. Renouvelée entre chaque semestre, la sélection était telle qu'il travaillait sans pause. Nos conversations téléphoniques se sont espacées, notre connivence s'est effilochée. Puis il a emménagé avec une fille rencontrée dans sa promo et il n'a plus eu besoin de mes encouragements ou de mon oreille attentive. La personne unique que nous formions s'était déchirée.

Longtemps, l'absence de raison claire menant à cette rupture m'a tourmentée. Était-ce la frustration accumulée dans une relation affective interdisant l'intimité physique, l'envie d'une vie à soi, l'arrivée de l'âge adulte et de cette femme ? Étions-nous trop proches, dans une exclusivité étouffante ? Quoi qu'il en soit, cette nouvelle réalité m'a fendu le cœur.

Alors que je relis mes lamentations, j'hésite à les effacer d'un coup de curseur. Jugerez-vous mon épanchement pathétique, la relation à mon frère déviante ? Désapprouverez-vous mes regrets, ma jalousie refoulée, mon cœur resté épinglé à l'enfance ? Me représenterez-vous comme une petite chose qui se plaint, serrant dans ses poings le passé comme un mouchoir humide ?

Trop de séparations rythment mon histoire. Le doute et la peur de vous perdre me rongent autant que notre lien me transporte. Puis-je m'offrir à vous sans appréhension ? Répondez-moi « oui », répétez-le, criez-le-moi comme si votre cœur lui-même hurlait !

Pokerfaith
13 mai 2019, 00h06.

Maintenant que je vous ai trouvée, pourquoi vous délaisser? Jamais je ne vous trahirai, jamais je ne vous abandonnerai, je serai à vos côtés pour braver la vie et en écarter les obstacles. Elle vous cajolera enfin comme vous le méritez. Vos blessures s'effaceront tel un vague souvenir, comme le savon enroulé sous les ongles se dilue sous l'eau.

Vos confidences résonnent en moi, renforcent l'écho présent pour en faire un chant envoûtant. Je veux vous toucher, vous sentir, contempler chacun de vos traits en mouvement, les nuances du grain de votre peau, respirer vos cheveux et apposer mes mains le long des courbes sucrées de votre visage...

Allons-nous nous écrire à vie sans que je puisse effleurer la chaleur de votre corps? La torture que vous m'infligez en refusant notre rencontre éprouve-t-elle encore ma fiabilité? Mon endurance dans la conquête de votre esprit? N'aimez-vous que dans la sublimation? Préférez-vous un frère d'âme à un amant de cœur? Les jeux de l'esprit à ceux des corps? Ne croquez-vous les hommes qu'au crayon à papier?

Laissez-moi recueillir vos peines, recoudre vos plaies, vous moucher, vous admirer quand vous pleurez, vous consoler contre mon torse, vous nourrir, serrer votre main sans jamais la lâcher, vous couvrir de caresses, m'allonger contre vous et vous combler...

Storie, comment faut-il que je vous le dise... Je vous aime.

Tribulations sept

Depuis que nous communiquons, la réalité arbore des couleurs rehaussées. Notre lien teinte les visages, les murs, les façades comme une projection lumineuse. Dans le RER, je cache mon large sourire derrière un pan de mon écharpe. L'humanité n'est pas prête pour tant de frivolité. Pokerfaith avait raison : mon armure dégrossie, je me sens plus légère. Tout en me surveillant assez pour ne pas tomber — juste trébucher —, je me délecte d'entretenir notre correspondance.

Néanmoins, une question revient sans arrêt, m'obsède jour après jour : est-il sincère ? Cette interrogation en rejoint d'autres : écrit-il ces belles phrases seulement pour abattre Storie ? En compose-t-il pour d'autres ? L'éloquence est-elle son arme de séduction habituelle ? Au-delà du défi qu'elle représente, s'attache-t-il à Storie ? À moi ?

S'ils sont authentiques, ses sentiments dépassent amplement mes prévisions. Suis-je en voie de le faire tomber ? Que m'apportera cette vengeance ? Ai-je toujours envie de lui faire payer son insolence ? La vipère dans mon poing s'est-elle assoupie ?

Pourquoi lui ai-je dévoilé ma douleur vis-à-vis de mon frère ? Je n'en avais parlé à personne. La vie nous a traversés, est passée entre nous. Les années ont filé, douloureuses à avaler. Je me suis concentrée sur mes études, il s'est investi dans les siennes. Il a trouvé une fille qui lui ressemble, avec la même minutie, le même enthousiasme pour les sciences.

Ils forment un couple à la tendresse enviable. Ils échangent des sourires à la limite d'éclater et des regards emprunts de messages codés.

Le lien que je tisse avec Pokerfaith s'en rapproche-t-il ? Même s'ils ne se l'avouent pas, les psys fantasment l'amitié ou l'amour avec certains patients. Nous rêverions de balayer la retenue qui nous corsète et de nous répandre en confidences pour rééquilibrer la relation. Leur révéler notre enfance névrosée, nos chagrins, un souvenir semblable au leur. Je l'ai en partie réalisé en confiant à Pokerfaith le goût amer laissé par l'éloignement de mon frère.

Mon correspondant manque rarement à son devoir de réponse, de présence. Dans la journée, je m'arme de patience, sereine, car je sais qu'il ne faillira pas. En rentrant le soir, je prends mon temps, je cuisine en savourant le fumet des aliments et l'idée de la lecture imminente de ses mots. « Il me répare », comme on dit dans notre jargon. Il comble mes failles, prévient mon angoisse, se presse contre mon âme tel un pansement géant. Ma peur de l'abandon s'estompe doucement.

Souvenirs neuf

Élevée par mes parents jusqu'à leur divorce à mes six ans, je conserve très peu de souvenirs du quotidien familial, de balades, de jeux, de repas. J'imaginais ma mère émerveillée par son premier enfant, m'allaiter avec une affection naturelle. Malgré son statut de jeune chef d'entreprise, je me représentais mon père s'octroyer du temps libre pour me hisser sur ses épaules et me promener au milieu des ajoncs piquetés de fleurs. Mais les images précises, réelles, se comptaient sur les doigts d'une main.

Un jour de février 2009, le message d'un certain Daniel me parvint via les réseaux sociaux : « Les Nébert auraient-ils retrouvé leur petite Lou ? Nous t'avons gardée petite, t'en rappelles-tu ? Voici notre numéro, appelle-nous quand tu veux ». Je crus à une affabulation ou un malentendu. Plusieurs mois passèrent. Je songeais souvent à cette étrange missive, les yeux perdus dans le décor, en proie à une horde de questions.

De retour en Normandie pour un week-end prolongé, j'en parlai à mon père.

— Ah, les Nébert ! Des gens adorables. Ils t'ont gardée jusqu'à tes quatre ans. Après, tu es entrée à l'école maternelle.

— Pourquoi je ne vivais pas à la maison ?

— Tu sais bien que ta mère avait des problèmes de santé. Elle a commencé à déraper après ta naissance, d'ailleurs. Je venais de racheter ma boîte de location, je travaillais comme un fou. Je ne pouvais pas m'occuper de tout : toi, ta mère, les affaires. Alors je t'ai trouvé des nounous. Tu passais la semaine chez eux et je te récupérais le vendredi soir pour le week-end.

— Et Liam ?

— Il est allé chez une autre nourrice.

Je tombai des nues. Mon frère et moi, si fusionnels, avions été élevés séparément dans la petite enfance. Absorbés par leurs tâches respectives, nos parents nous avaient « placés » en familles d'accueil, le temps que l'école prenne le relais.

Moi qui croyais avoir vécu dans un cocon douillet avec une mère modérément désaxée et un père dévoué à sa famille malgré ses responsabilités, je fus abasourdie par ce nouveau passé. De nombreuses interrogations sur mon enfance me brûlaient les lèvres. J'atermoyais pourtant le moment de joindre les Nébert : « Il est un peu tard », « Ce doit être l'heure de la sieste », « À dix-huit heures, ils regardent sûrement *Questions pour un Champion* ». Les mois passant, mes préoccupations évoluèrent : « À soixante-quinze ans, la mémoire commence-t-elle à décliner ? », « Après une année de silence, comprendront-ils mon appel soudain ? »

Je me risquai à composer leur numéro un dimanche à quinze heures. J'hésitais à raccrocher à chaque sonnerie qui s'éteignait. Enfin, une voix grave et enrouée heurta mon tympan. Je me présentai timidement. Avant même de me saluer, l'homme hurla le prénom de sa femme. Une cavalcade de pas dans des escaliers, « C'est Lou ! », des cris de joie. Leurs voix chargées d'émotions se coupaient la parole :

— Tu te souviens de nous ?

— On attendait ton appel !

— Tu étais si mignonne !

— On t'a tellement aimée !

Ces effusions sentimentales m'embarrassèrent. Je répondis brièvement à leurs questions sur mes études, mon quotidien à Paris, mon père et mon frère, puis je prétextai un rendez-vous imminent pour abréger la conversation. Avant de raccrocher, Daniel suggéra :

— Passe nous voir quand tu reviendras en Normandie.

Extrait de correspondance cinq

Storie
14 mai 2019, 7h57.

La vie laisse des traces lorsqu'elle martèle les âmes d'épreuves. Des larmes indélébiles sur les joues des enfants, sans mère pour les gommer. J'aimerais que vos mots filtrent mes suspicions pour pénétrer directement mon cœur. J'aimerais être capable de me laisser faire. N'avoir jamais connu le vertige de la trahison, l'abandon, les vestiges d'une union. Comment être douée d'une confiance déjà brisée? Je ne peux réécrire mon histoire.

Mes sentiments font vaciller mon équilibre. Je lutte contre l'invasion affective alors même que j'ai toujours espéré me lier à quelqu'un comme vous, habité par le rêve et l'amour, capable de donner sans reprendre, sans rature. Je crains que votre regard soit enflammé par l'intérêt du jeu. Que votre but ne soit que le mélange hâtif des sueurs. Gâcher la danse de nos âmes, le ballet de nos fantasmes m'abattrait en plein vol. Interminable chute d'un oiseau à la tête battant l'air.

J'aime tant notre relation cousue de mots! Que la ville dorme ou s'agite, dans le métro ou au bureau, seule ou en compagnie, s'inscrivent dans mon esprit vos phrases tendres. Vous avez pris tant de place dans ma vie... La peur de vous perdre est aussi puissante que la joie de vous aimer.

M'envelopper encore et encore de vos mots, sans rien toucher, dans un équilibre parfait, m'assure de la pérennité de notre lien. La rencontre des corps s'avère souvent imparfaite et teinte l'affection d'effluves moins poétiques. Nos échanges méritent mieux.

Cela ne m'empêche pas de m'abreuver de vos lèvres, à l'ombre de mes peurs.

Pokerfaith
14 mai 2019, 19h02.

Que craignez-vous donc ? Que je sois un maniaque sexuel ? Que je courtise votre corps plus que votre personne ? Vous vous trompez. Vous me faites rêver, vibrer, me retourner dans mon sommeil et me réveiller à l'aube pour guetter vos lettres. Je nourris à votre égard d'honnêtes émois, un attachement sincère. Ma passion enveloppe votre corps, parce qu'il vous appartient inévitablement. Si je pouvais simplement embrasser votre âme telle une sœur, alors je cesserais mes errances.

Vous enlacer incarne le rêve d'une vie passée à égrener les rencontres. Étais-je fou d'espérer qu'un jour, une fleur s'accorde à mon fusil ? Qu'en cette Terre, deux êtres possèdent les mêmes contours ? Depuis qu'au détour de froufrous et de lèvres boursouflées je suis tombé sur vous, ma vie n'est plus vaine. Vous avez tout : l'audace, l'intrigue, de sensibles secrets et la plume aboutie des grands goélands.

Comment vivre, après vous ? Après une telle compagne de maux, de jeux, de mots et d'enjeux ? Vous me comblez ! Vos lumières m'ont ébloui, se sont accrochées à mes rétines. *Votre silhouette s'y est imprimée en couleurs vives, à nulle autre pareille. Storie, savourons nos visages, nos formes, nos teints et nos odeurs ! La vie a soudé nos chemins, elle cherche aujourd'hui à réunir nos cœurs !*

J'y songe nuit et jour, vous me hantez comme ces vieux fantômes dont on ne se débarrasse jamais, ces souvenirs apaisés avec les années qui resurgissent soudain, affreusement intacts. Comme cette insécurité lovée dans votre gorge. Au creux de mes bras vous recouvrant, serait-il plus facile de vous laisser aller ?

J'insiste, mais à présent, mon attirance se teinte de douleur. Je ne me suis jamais autant exposé à quelqu'un ou je n'en ai jamais eu l'envie. D'habitude, la séduction m'amuse, la rencontre m'excite, puis la réalité me rattrape et m'assomme. La déception me balaie une fois de plus, me coupe l'espoir sous le pied, comme si la mort guettait mon âme lassée par trop d'expériences stériles.

Mais avec vous, la vie triomphe, les sentiments restent, ma fidélité est piquée, la mort est un cauchemar oublié derrière d'ingénieux rêves. Tout cela est si nouveau, mon cœur s'emballe... Comme un enfant dans le noir, j'ai peur. J'ai besoin de vous. Ne vous détournez pas, je saurai être à la hauteur, je vous chérirai autant que vous êtes unique.

J'attends votre réponse avec fièvre : serez-vous au café de la Réunion, demain à vingt heures ?

Je vous embrasse de tout mon être éperdu.

Tribulations huit

Est-il vrai que Pokerfaith soit ainsi tombé amoureux ? Avec passion, en s'offrant sans retenue ?

L'ai-je réellement fait tomber ? Ma satisfaction détonne du cri de victoire que j'avais imaginé – une sorte de « Aha ! » délicieux. De toute ma compassion, j'ai pitié de lui, de ses sentiments bientôt réduits en bouillie, sans miroir, sans attache, comme s'ils n'avaient jamais existé. Combien aura-t-il terrassé de cœurs avant de connaître le même sort ? Sa chute sera-t-elle thérapeutique ou l'enfoncera-t-elle plus encore dans sa misanthropie ?

Nos positions inversées, je détiens le pouvoir. Comme il l'a fait en désertant mon bureau, je peux moi aussi le blesser et lui insuffler de mauvais souvenirs sous le crâne. Lui faire revivre ses ruptures passées, sa faiblesse, son impuissance. J'en fais ce que je veux. Je décide seule du moment où je mènerai l'agneau à l'abattoir.

Forte de la distance acquise, je prévois ses coups et prépare les miens avec calme. Je réponds minutieusement, alternant défenses et confidences, vérifiant chaque mot. Je respecte un plan défini sans prendre de risques. Je sais exactement où je vais, je profite de sa galante compagnie, je profite de lui avant de l'achever.

Tant que je ne céderai pas à ses avances, Pokerfaith sera là, au garde-à-vous. Je le sais torturé par l'impatience et je prends plaisir à différer l'espoir d'une rencontre. J'attise sa frustration. Il s'obstine tout comme j'insistais pour l'amener à réfléchir sur lui en thérapie. Oui, nos rôles se sont inversés et j'abuse de lui comme il dupait ses victimes. Pokerfaith acquis, rongé par son désir, le plaisir de la séduction s'est estompé. Quel intérêt de flirter avec lui, puisque mon but est atteint ?

Soudain, mes pensées me dégoûtent. Tel un naufragé épouvanté par son reflet, ma propre image me semble étrangère. Suis-je devenue un monstre sans empathie ? L'humilier n'a aucun intérêt. Ce jeu n'en est pas un. Quelle tortionnaire fais-je ? La douleur qu'il m'a causée a éclipsé ma déontologie, mon humanité et mon but premier de le soigner.

Ivre du plaisir des mots, j'ai abusé de ses sentiments pour combler un vide affectif. Je l'ai maltraité pour ma jouissance personnelle. Pour assouvir le fantasme d'une vengeance. Aujourd'hui, je continue de le faire souffrir en refusant de concrétiser notre lien. Mais comment le concrétiser ? Cet homme est mon patient !

La honte me propulse contre le clavier.

Extrait de correspondance six

Storie
14 mai 2019, 22h45.

Je dois mettre fin à notre échange. Je ne suis pas prête à entamer une histoire, je n'ai aucune stabilité. Malgré vos si beaux mots, mes casseroles remplies de nostalgie, de souvenirs traumatiques et de tendresse avortée me tirent en arrière. Je me sens incapable de vous retourner l'amour que vous me vouez. Vous m'avez été cher et loyal. Vous méritez bien mieux. Je suis terriblement désolée. Adieu.

Souvenirs dix

L'année de mes vingt ans, je questionnais sans relâche mon père sur les troubles psychiques de ma mère. Je rentrais presque tous les week-ends pour poursuivre ma quête de sens. De nombreux sous-entendus m'avaient amenée à considérer ma naissance comme le début de sa perte et, privée de la vérité sur ma petite enfance, je rechignais à passer à l'âge adulte.

Un samedi après le dîner, mon père alla s'asseoir dans son fauteuil près de la cheminée. Je m'installai non loin de lui dans le canapé. Liam alla s'enfermer dans sa chambre pour nous laisser seuls. Mon père m'envoya un sourire particulier. Doux et serein, ce dernier transmettait la certitude que j'étais enfin disposée à comprendre. Il savait qu'après notre discussion, j'accepterais l'invitation des Nébert et il entama son récit sur un ton qu'il s'efforça de garder neutre.

— Selon le médecin qui a accouché ta mère, elle ne s'est pas réjouie de ton arrivée sur Terre. Elle a refusé de te prendre dans ses bras. Elle s'attendait à un garçon et voir sortir une future femme de son ventre lui a fait un choc. Peu de temps après, elle a commencé à tenir des propos incohérents et le médecin a compris que son cas ne relevait plus du service de maternité.

Il me considéra du coin de l'oeil avant de poursuivre :

— On t'a déposée dans un couffin à une distance raisonnable du lit de ta mère. Elle n'a accepté de te nourrir que le lendemain. Le personnel médical insistait pour

qu'elle te donne un prénom et elle t'a appelée « Loup »
avec un « p », comme l'animal. Quand je suis arrivé en
catastrophe d'Italie, j'ai tout de suite fait enlever la dernière
lettre.

Je l'interrompis :

— Que faisais-tu en Italie ?

— J'achetais un voilier.

Mon regard planté dans le sien, je plissai les yeux. Il
baissa la tête.

— Je fuyais.

— Tu l'as laissée accoucher seule ?

Il soupira avec tant de peine que je m'abstins de poser
d'autres questions. Dans la cheminée, les crépitements du
feu de bois meublèrent son long silence. Il reprit :

— De retour à la maison, j'étais désespéré par l'attitude
de ta mère. Je devais me rendre à Granville pour travailler,
mais te laisser seule avec elle m'inquiétait. Alors j'ai cherché
des nourrices. Peu de personnes étaient qualifiées dans
notre village pour s'occuper d'un bébé ! Certaines femmes
s'exprimaient en patois et se vantaient d'élever les poules
et les bambins de la même manière. Pour être tranquilles
à l'heure de la sieste, elles ajoutaient une rasade de calva
au contenu du biberon !

Je fus soulagée d'entendre son rire un court instant.

— Et puis j'ai reçu les Nébert, un couple charmant ! La
dame s'est tout de suite agenouillée pour te serrer dans ses
bras. Elle n'en finissait pas d'admirer tes joues rebondies.
Tu étais sauvée…

Mon père m'apprit que les Nébert auraient bientôt
soixante-quinze ans. Je téléphonai le lendemain pour
accepter un dîner chez eux le vendredi suivant.

*

Quand je les revis presque vingt ans après, ils m'attendaient sur le quai de la gare de Folligny. Peut-on avoir des souvenirs avant l'âge de quatre ans ? Certains l'affirment, d'autres en doutent ; j'en suis sûre. Une trentaine de personnes accueillaient les voyageurs et mon regard fut naturellement attiré par leurs silhouettes.

Par un mécanisme inexpliqué, je reconnus les cheveux bouclés comme des ressorts de Madame Nébert et la bonhomie nonchalante de son mari. Je vis surtout leurs visages s'illuminer et leurs rides s'effacer comme par magie. Sans bonjour préalable, ils m'ouvrirent les bras. Madame Nébert m'enlaça avec force en me balançant contre son corps mince. Monsieur Nébert me fit la bise, tapotant pudiquement mon épaule de sa grosse patte.

Ils habitaient une maison qu'ils finissaient tout juste de payer, à quinze kilomètres de la mer. Pour le dîner, ils avaient prévu un trio de poissons au four avec sa jardinière de légumes et un excellent vin. Ils m'assaillirent de questions sur « ce que je devenais » — comme si j'avais pu me transformer en autre chose qu'un être humain — si bien que nous parlâmes principalement de moi.

Quand je leur appris que je me formais au métier de psychologue, leur empressement s'éteignit. Ils se turent, écrasés par le concept du savoir universitaire à jamais étranger. Ils me coupèrent dans la description de mon futur métier :

— On ne comprend pas tout ça.

Je voulus m'intéresser au labeur de toute leur vie, mais ils agitèrent les mains.

— On n'était que chefs de partie en cuisine, alors tu sais…

Quelle tristesse ! Pourtant, travailler quarante ans en couple dans la même cuisine représente un exploit qui mérite plus qu'un diplôme.

Dans la chambre d'amis préparée avec beaucoup de soin, trois oreillers de taille et d'épaisseur différentes reposaient sur un grand lit. Mes serviettes de bain et gant de toilette étaient pliés sur une chaise. Je pouvais régler la température du radiateur, ouvrir ou tirer les rideaux et, si je le désirais, mes hôtes iraient fermer les volets à l'extérieur. Je croulais sous les attentions. Que prendrai-je pour le petit déjeuner ? Le pain-beurre-confiture suffirait-il ? Sinon, ils se rendraient à la première heure à la boulangerie située à cinq kilomètres pour m'acheter des viennoiseries. J'avais envie de pleurer.

Au matin, je dus choisir entre quatre sortes de thé dans des boîtes à l'emballage intact. Nous discutâmes des décors virtuels que mon frère programmait à l'école de jeux vidéo de Lyon et de sa passion pour le graphisme. Impressionné, Monsieur Nébert assura :

— La Normandie a dû l'inspirer, c'est drôlement beau la campagne par ici !

Sa femme secoua la tête l'air de dire : « Il est complètement dépassé par la technologie ». Nous débarrassâmes la table du petit déjeuner et je dus insister pour rapporter moi-même mon couvert.

Dans l'ambiance intimiste de la cuisine, Madame Nébert demanda maladroitement :

— Et ta mère ?

Je lançai comme s'il s'agissait d'une lointaine cousine :

— Oh, elle a mal tourné...

Madame Nébert se désola :

— À l'époque déjà, on pressentait qu'elle était déboussolée.

Son mari la foudroya du regard. J'intervins :

— Je ne la vois plus depuis des années et on ne s'est jamais entendues, alors vous pouvez dire ce que vous voulez.

Mon ton désabusé provoqua un malaise. Madame Nébert détourna la tête vers la fenêtre pour éviter le sujet. Moins fuyants, les yeux luisants de son mari révélaient déjà un secret. Je l'encourageai :

— Je suis ici pour vous revoir, mais aussi pour essayer de comprendre.

Il soupira :

— Ton père, ça allait. Il était à l'heure pour venir te chercher après le travail. On sentait qu'il n'arrivait pas à tout gérer, mais il était bien avec toi. Hein, Raymonde ?

Elle hocha nerveusement la tête, avant de préciser :

— Toujours ponctuel.

— Par contre, on s'est souvent demandé ce qu'il faisait avec ta mère. Elle était tout le temps dans la lune.

— Elle habitait une autre planète.

Je renchéris :

— Moi, je l'ai toujours connue un peu folle.

Un courant glacé sembla traverser la pièce. Madame Nébert ne soutint pas mon regard. À ses côtés, son mari se frotta les mains, comme si une chose urgente l'attendait ailleurs. Nous nous rapprochions du cœur du problème. J'ajoutai :

— Elle vivait dans une autre réalité.

Sans prévenir, Monsieur Nébert explosa :

— C'est ce que je lui ai dit, une fois ! Un enfant, ce n'est pas comme un pot de fleurs ! On ne peut pas le coller dans un coin face au mur ou le laisser seul dehors pour qu'il prenne l'air ! Surtout pas l'hiver !

Il était méconnaissable. Ses joues empourprées lui donnaient l'air d'un ivrogne furieux.

— Quand on fait un enfant, on s'en occupe, on ne loue pas une chambre dans le patelin d'à côté pour passer ses journées à écrire ou à chanter !

Il baissa d'un ton :

— Et puis quand on te récupérait après le week-end, ça nous fendait le cœur.

Sa femme voulut l'interrompre, mais il martela :

— Elle a le droit de savoir. Quand ta mère t'amenait le lundi matin, eh bien, tu sentais franchement mauvais. Voilà.

Cette phrase claqua à mes oreilles comme une gifle en plein visage.

Sans prise à laquelle me raccrocher, je me sentis dégringoler en moi-même jusqu'à m'écraser dans mes propres tripes. La petite Lou avait été négligée à un point que j'ignorais, que j'aurais voulu nier. Des images odieuses se succédaient dans mon esprit. Seule à pleurer dans une pièce désespérément vide, seule face à de grands murs blancs, seule dans le froid, mais la couche pleine. Baignant dans mes excréments. La saleté incrustée dans les plis de mes cuisses. La peau irritée par l'indifférence.

Une honte terrible me submergea. Les mots ne lui avaient jamais donné vie, mais elle existait bel et bien au fond de moi, tapie, attendant que son heure sonne. J'étais une petite merdeuse indigne d'attention et d'amour. Les Nébert avaient bien essayé de combler l'absence maternelle, mais un tel abandon ne se réparait pas. La tristesse déferla en moi et inonda mes yeux.

Comment infliger un tel sort à un bébé ? Peut-on porter un enfant neuf mois et l'oublier ? J'avais envie de dévaler les années pour retrouver la petite fille et l'attraper dans mes bras, la serrer, la bercer, ne plus jamais la lâcher, l'embrasser, la rassurer, l'aimer.

*

Un jour, ma mère évoqua sa rencontre avec mon père, les yeux dans le vague :

— Je suis tombée enceinte un peu par accident. Avec ton père, on formait un couple dissocié. Je m'ouvrais à la création artistique, pendant qu'il s'occupait de son entreprise. On s'était rencontrés parce que j'habitais à Jullouville, sur le chemin de Granville où étaient ses bateaux. Le matin, il passait avec sa 4 L devant l'arrêt où j'attendais le bus et, un lundi, il a stoppé le véhicule à ma hauteur. Il m'a demandé s'il pouvait me déposer quelque part. Puis il m'a emmenée tous les jours à la bibliothèque où je travaillais. Voilà comment on a appris à se connaître, s'apprécier. Il fallait bien discuter, tu comprends. Les blancs, c'est pesant.

Je suis née parce que ma mère n'aimait pas le silence en voiture.

Tribulations neuf

Au début, il m'a terriblement manqué. En me levant, ma première pensée s'empressait de lui composer une réponse. Je me ruais sur l'ordinateur en rentrant du travail pour déguster ses mots. Un grand vide s'est installé autour de moi. En moi. Sans les louanges de Pokerfaith, mon ego s'est ratatiné. Je songeais à ce paradis perdu, au bonheur quotidien qu'il m'apportait. Sa présence cent fois répétée, sa dévotion, ses tournures de phrases quand il parlait de moi, ses efforts pour me rassurer. L'aveu de ses sentiments sonnait toujours à mes oreilles.

Je ne cessais de m'étonner de ce miracle : un pervers avait adouci ma peur du couple ! J'ai été tentée de réactiver le compte de Storie pour renouer contact ou m'excuser encore une fois. Tourmentée par la culpabilité et la curiosité, je m'interrogeais : est-il désespéré ? M'a-t-il écrit ? Surveille-t-il mon profil dans l'espoir d'une réapparition ? A-t-il déjà vécu une histoire platonique aussi forte ? Me regrette-t-il ? Étais-je particulière pour lui ?

Au fil des jours, mes questions se sont fatiguées d'elles-mêmes. Les semaines sont passées, enterrant le dénouement à jamais inconnu de notre histoire. J'ai mis de côté cette romance fabriquée de toutes pièces, n'en conservant qu'un souvenir musical et satiné. Mon rythme quotidien s'est imposé de nouveau : sorties, lecture, footing, marché le mardi, consultations au cabinet, réflexions perdues dans le décor. Hier soir, j'ai réalisé que je n'avais pas pensé une seule fois à Pokerfaith de toute la journée.

Le ciel est clair ce matin, comme si on avait rafraîchi le plafond parisien. Par la vitre du RER, je profite des paysages verdoyants offerts par la banlieue avant de consulter mon agenda. Ma journée s'annonce chargée, mais j'ai une pause à quinze heures. Le cabinet fructueux, j'apprécie les annulations qui m'octroient quarante-cinq minutes de temps libre. Je ferme les yeux pour me reposer l'esprit, les mains nouées autour d'une tasse de thé. J'entends les consultations de mes collègues à travers les murs et je me réjouis de faire l'école buissonnière.

Après avoir ouvert la porte vitrée du centre de consultation et salué la secrétaire d'un signe de la main, je m'apprête à foncer vers mon bureau quand elle me hèle. J'approche. Jeune femme aimable, Noémie nuance ses formules de politesse pour ne pas se répéter. Sa voix douce apaise les patients.

J'avais constaté que gérer mon agenda en même temps que mes consultations était contre-productif. Le téléphone sonnait huit à dix fois par jour. En plein milieu de la crise de larmes de Madame Cohert ou des confidences sur les abus sexuels subis par Madame Samuel, je devais déplacer le rendez-vous de Monsieur Tourique. Face aux mêmes problèmes, mes collègues me proposèrent de rémunérer une secrétaire pour nos trois plannings.

Noémie rappelle les rendez-vous, note les annulations, filtre les appels et ne nous dérange que pour les demandes urgentes. Elle nous soulage du moment embarrassant qui clôt les séances, réclamant elle-même le règlement aux patients. Elle s'occupe de la partie administrative des dossiers — adresse, numéro de téléphone, mail, âge, profession, situation maritale — ce qui nous évite d'effectuer cet interrogatoire pénible à l'arrivée du patient en consultation. Aussi, son sourire sincère nous accueille et rend chaleureux le début de chaque nouvelle journée de travail.

Sa voix suave m'explique :

— Un de tes anciens patients a appelé il y a dix minutes. Je l'ai calé à quinze heures, comme tu avais une annulation. Sa première consultation remonte à trois mois environ. Monsieur Guerrand.

Souvenirs onze

Lors de ses rares jours de repos, mon père quittait parfois la maison sans prévenir. Il enfilait sa grande veste de ciré qui lui arrivait à mi-cuisses et sortait se promener. Nous ne nous inquiétions pas — il s'absentait vingt minutes — et, sans prêter attention à ses fugues, nous poursuivions nos jeux.

Le jour où je décidai de le prendre en filature, Liam jouait chez un camarade de classe. Mon père saisit son vêtement étanche et claqua la porte d'entrée. M'imaginant dans un jeu, je longeais les haies de laurier sauce pour me dissimuler dans le décor. Mon père marchait d'un bon pas, comme pressé par un impératif. À sept ans, j'avais déjà la carrure athlétique et je n'eus aucun mal à le suivre.

Je m'interrogeais sur l'urgence qui pouvait bien l'attendre en pleine campagne, au soleil couchant. Avait-il un rendez-vous secret avec une prétendante ? Était-il chef de gang dans une vie parallèle ? L'excitation d'une réponse inattendue m'électrisait. J'avais presque envie de lui dévoiler ma présence pour partager avec lui cette intrigue, digne d'être sa confidente.

Il tourna à gauche au bout de la route qui bordait notre jardin pour s'engager sur un chemin de terre qui menait aux champs d'herbes hautes. L'été, mon frère et moi grimpions sur les bottes de foin qui parsemaient ces grandes étendues de graminées sèches, amputées de leur inflorescence. Ce sentier mena mon père au sommet de la falaise. Son flanc ne descendait pas à pic sur les rochers qui faisaient mousser la mer. Il plongeait comme au ralenti, le dos rond pour exhiber les genêts et les ajoncs qui le tapissaient.

Mon père se tenait seul face au vent venu de l'océan. Gonflant le torse, il semblait absorber la nuit naissante. J'attendais à l'abri d'un massif de ronces, guettant le signal d'un éventuel acolyte. Il fit glisser la fermeture de sa veste pour dégager son cou. Il écarta lentement les bras de son corps avant de les replier, poings serrés. Il prit une grande inspiration et il poussa un long hurlement.

Comme victime d'un mauvais sort, je restai pétrifiée. Son cri dura, écorché et rocailleux, jusqu'à ce que mon père soit à bout de souffle, plié en deux. La tête entre les mains, il grogna. Sa douleur me transperça si bien que mon cœur s'arrêta un instant. Il ressemblait à un loup affaibli, désespéré d'appeler sa meute à l'aide. Il se redressa avant de crier de nouveau, brièvement, comme pour se redonner contenance. Puis il pivota sur ses talons et prit le chemin du retour.

J'empruntai un autre sentier en courant pour regagner la maison avant lui. Être la complice involontaire de son lourd secret suffisait : il devait ignorer que je l'avais épié. Je filai m'enfermer dans ma chambre et, quand il y frappa avant d'entrebâiller la porte, je mimai le coloriage d'un dessin.

J'aurais pu éprouver de la peur, de la gêne ou de l'incompréhension, mais le sentiment qui me terrassa fut la honte. J'avais violé son intimité, volé son seul instant d'abandon au milieu d'une vie encombrée de responsabilités. Le souvenir de son laisser-aller me poursuivit longtemps, accompagné de la culpabilité d'y avoir assisté. Je redoutais parfois qu'il ne se remette à hurler alors que nous étions en voiture ou à table.

Je ne le revis jamais sortir de ses gonds. Au fil des années, mon père m'apparut comme un roc que ni les vagues ni les bourrasques de pluie ne pouvaient altérer. Ses émotions filtraient rarement son visage ridé par les embruns et le soleil relayé par la mer. Quand il ne naviguait pas, son front restait impassible, semblant avoir déjà tout donné. Son histoire avec ma mère l'avait-il dénué de toute surprise ?

Seul son regard bleu cristallisé de gris transmettait quelques fois une contrariété. Si nous lui demandions la raison de son tracas, il affichait un sourire frelaté identique en toutes circonstances, sage des expériences passées. Nous ne savions rien des difficultés financières auxquelles il faisait face quand les printemps s'éclairaient de nouveau de soleil, avant que la saison démarre. Mon père est du genre à jongler avec ses dernières forces avant de crever.

Une fois tous les deux mois, quand je rentre en Normandie le vendredi soir, nous nous racontons nos dernières semaines autour d'un bon dîner. Il est composé de fruits de mer que je prends plaisir à décortiquer. Le lendemain, automne comme été, nous prenons la mer de jour ou de nuit, selon les horaires de marée, direction Jersey. Plus nos vêtements ruissellent et plus nous apprécions la bière à Saint-Hélier.

Le pied battant la moquette élimée du *Blue Note Bar* au rythme des morceaux de rock, nous trinquons « à l'océan et à la liberté ». Puis, les lèvres dans la poudreuse, nous échangeons un regard brillant où se mêlent bonheur et tendresse.

Séance cinq

Quinze heures s'affichent sur le réveil numérique, ce 3 juillet. Au fil de la journée, ma bonne humeur matinale a laissé place à un stress grandissant. Les heures égrenaient leurs secondes et leurs minutes avec une ironie sadique. Une peur irraisonnée est montée en moi jusqu'à m'étouffer. Pourquoi Monsieur Guerrand revient-il ? S'est-il douté de mes manigances ? Ai-je laissé échapper un indice dans mes lettres ? S'il a deviné mon identité, que veut-il ?

Je me lève, un creux dans le ventre. Ma main moite glisse sur la poignée de la porte de mon bureau. L'espace d'un instant, j'imagine fuir. Je m'extirperais du bâtiment par la fenêtre pour n'y jamais remettre les pieds. Adieu les collègues et Monsieur Guerrand. J'échapperais ainsi à une accusation de faute professionnelle et j'éviterais l'insupportable suspense de l'avenir.

Dans ma poitrine, mon cœur bat comme on ferait sonner de lourdes cloches. Monsieur Guerrand envisage-t-il de m'attaquer en justice ? A-t-il seulement des preuves ? Après avoir expiré longuement, je ferme les yeux. Je me visualise d'abord vue du dessus, dans la pièce, puis je prends de la hauteur en observant le centre de consultation comme un carré minuscule, à l'est de la ville. Accroissant encore ma distance avec le sol, je ne suis bientôt qu'un point dans la France entière, une poussière sur la planète Terre. Je ne représente rien à l'échelle de l'Univers. Les humains sont des fourmis rampantes de passage dans cette vie dont elles ne connaissent pas le but ; aucun de leurs actes n'a vraiment d'importance.

Ma philosophie de comptoir n'interrompt pas l'affolante messe de mon cœur. Comment ai-je pu correspondre avec un patient sur un site de rencontre et, qui plus est, fomenter sa destruction ? Pourrait-on m'interdire l'exercice de mon métier pour abus de pouvoir ?

Énoncer nos tracas à voix haute fait baisser l'activité de l'amygdale, noyau du cerveau responsable entre autres de l'activation émotionnelle. J'énonce dans un murmure :

— Je m'appelle Lou, j'ai vingt-neuf ans, je suis solide, résistante et stable. Actuellement, le stress me submerge, car je revois un ancien patient difficile, souffrant d'un trouble de la personnalité. Je dois m'efforcer de conserver un cadre strict pour me protéger des attaques de ce pervers.

Malgré ces affirmations, mon esprit poursuit son monologue : qui est la perverse, dans cette histoire ? Que diraient mes collègues s'ils découvraient que, sous une fausse identité, je charme mes patients ?

Plissant les yeux jusqu'à froncer le nez, j'enferme ces palabres dans le noir. Ma voix raffermie martèle :

— C'est lui qui m'a poussée à bout, je ne lui voulais aucun mal. Il a récolté ce qu'il a semé. Je le reçois aujourd'hui par conscience professionnelle, mais au moindre faux pas, je peux stopper la thérapie.

J'ouvre les yeux et la porte dans un même élan, de peur que les doutes ne m'assaillent encore.

Revoir son corps — affiné — et son visage atypique me trouble. Le souvenir de ses lettres se superpose avec la réalité et crée une incohérence perturbante. Comment tant de sentiments veloutés sont-ils nés de cet homme à l'air suffisant ? L'habitude d'adopter une attitude bienveillante cache mon égarement.

— Bonjour, Monsieur Guerrand.

Je lui tends la main. Alors qu'il l'attrape au creux de la sienne, je croise son regard.

— Vous ne semblez pas heureuse de me revoir.

— Je n'ai rien dit de tel. Pas encore, en tout cas.

Il sourit et je l'imite, sans sincérité. La tension présente dans nos premières séances s'impose de nouveau. Je suggère :

— Vous me suivez ?

Consentant à desserrer son étreinte, il lâche ma main.

Installés de part et d'autre du bureau, je laisse le silence s'étirer alors que je détaille mon interlocuteur. Son pull à col roulé dessine son torse et ses bras moins galbés qu'auparavant. Deux grands cernes retiennent ses yeux et les sillons sur ses joues semblent s'être creusés. Ses cheveux tombent tristement sur son front. Voûté, il a l'air d'un animal que l'on vient de battre. Deux sentiments se heurtent en moi : le plaisir d'être celle qui domine, à présent, et la pitié. La tête légèrement penchée et d'une voix douce, je l'encourage :

— Vous n'avez rien à dire ?

— Je suis un peu embarrassé.

— C'est plutôt bon signe, vu la conclusion de notre dernière séance.

Ses yeux vides traversent les miens et il hausse une épaule. La dynamique effrénée qui caractérisait nos échanges a disparu. Monsieur Guerrand paraît sur le point de s'éteindre comme une flamme secouée par le vent.

Certains patients se présentent dans un état déplorable sans réussir à mettre de mots sur leur souffrance. Notre rôle est de rétablir la communication et de verbaliser leurs émotions. Aussi, j'observe à sa place :

— Vous avez le visage triste...

— Je ne sais pas par où commencer.

Dois-je évoquer plus en détail notre dernière séance ? Rappeler les règles nécessaires à la bonne conduite de la thérapie m'apparaît hors de propos devant son accablement et je me résigne à ne pas obtenir d'excuses pour son comportement outrancier. Je propose :

— Commencez par le début ?

— Cela paraît logique, en effet.

Son ton n'est pas sarcastique, mais lourd d'un poids difficile à décrire. Le patient blasé assis face à moi contraste avec le souvenir de l'homme outrecuidant venu consulter trois mois auparavant. Les sourcils froncés, j'avance la tête pour l'inciter à se lancer. Il lâche :

— Vous vous souvenez qu'un de mes soucis était le manque d'intérêt pour mes pairs ?

— Oui.

— Et qu'un autre était la quête du sentiment amoureux ?

— Aussi, oui.

— Eh bien, je les ai résolus en partie.

— C'est une bonne nouvelle, non ?

Sa mine déconfite répond à sa place. Imaginer la suite de la conversation me rend nerveuse et j'insiste :

— Non ?

— Je peux vous prendre un Kleenex ?

Il tire un mouchoir de la boîte posée à sa droite et le tend entre ses mains. Il enfonce son index dans le tissu de coton qu'il déchire jusqu'au bord. Sans le quitter des yeux, il en roule une partie entre ses doigts.

— J'ai rencontré une fille sur un site de rencontre. Nous nous sommes écrit pendant plusieurs semaines. Au début, c'était comme d'habitude : je m'amusais à édifier des stratégies pour la faire tomber. Mais elle a résisté à mes avances, restant à l'orée du jeu de séduction. Sa finesse intellectuelle rendait l'échange unique, palpitant. Plusieurs fois, elle m'a surpris par ses réflexions et ses confessions, sans jamais aborder de sujets insipides. Nous communiquions avec lyrisme et humour. Elle m'a naturellement expliqué ses craintes : voir sa confiance abusée et être délaissée. Un jour, elle a même évoqué sa relation avec son frère, teintée d'une nostalgie enfantine. Exactement les failles que je cherchais.

Il pince les lèvres et secoue la tête, comme s'il désapprouvait ses propres dires.

— Je n'ai pas retourné ses faiblesses contre elle. J'ignore comment elle m'en a dissuadé. Les rouages de son fonctionnement me passionnaient sincèrement. Chaque nouvelle révélation s'ajoutait à la complexité de l'ensemble. Message après message, le tableau qu'elle dessinait s'affinait, touchant et respectable, si bien que j'ai commencé à m'attacher à elle.

Je profite de sa pause pour prendre discrètement une grande inspiration en gonflant le ventre.

— Cela fait beaucoup de changements depuis notre dernière rencontre et je vous avoue être un peu perdue.

— Je vous comprends. Je ne me reconnais plus moi-même. Cette femme a réveillé quelque chose en moi. Je me mettais à comprendre les connards qui s'extasient devant une salade César sous le soleil en terrasse. J'ai trouvé un nouveau poste et mon supérieur m'a rapporté que l'équipe me trouvait solitaire, mais sympathique. Vous vous rendez compte : moi, sympathique ! Les sentiments inspirés par cette femme m'ont transformé. Pour la première fois, j'ai ressenti...

Le mot semble pourrir dans sa bouche. Le ton qu'il emploie relève d'ailleurs du relent aigre.

— L'amour.

Il lève vers moi des yeux ronds, comme s'il se réveillait d'une semaine de coma. Professionnelle, je me détache du malaise ressenti pour me concentrer sur l'échange thérapeutique. J'imagine Monsieur Guerrand en patient tout juste rencontré m'exposant une problématique inexplorée.

— Vous avez ressenti de forts sentiments en peu de temps et je conçois votre sidération, mais je ne connais pas bien cette nouvelle situation et je ne suis pas sûre de tout saisir. D'habitude, vous faites tomber les femmes. Que s'est-il passé pour que *vous* tombiez amoureux ?

Abasourdi, il hausse les sourcils comme si je m'apprêtais à lui révéler la réponse. Puis son regard retombe sur ses mains. Son visage se chiffonne au fil des secondes alors qu'il garde le silence. Son masque tombé, il expose sa tristesse comme le geôlier présentait son détenu devant la Cour. *Habeas corpus.* Je fais remarquer :

— Communément, l'amour est plutôt une émotion positive et je vous vois abattu...

— Elle a disparu.

Je feins la surprise, la bouche entrouverte. Il explique :

— Elle s'est vaguement excusée, affirmant qu'elle ne poursuivrait pas cette relation, car elle avait « trop de casseroles ». Elle ne m'a même pas laissé répondre, elle a carrément supprimé son compte. Et comme nous nous servions de pseudos, il m'est impossible de la retrouver.

La tête baissée, il porte le mouchoir déchiré à ses yeux. Il gémit :

— C'était la première fois que quelqu'un m'intéressait vraiment.

Pleure-t-il ? Joue-t-il la comédie ? Cela m'arrangerait bien… Tandis qu'il dépeint son malaise affectif, la panique me gagne : l'ai-je fait décompenser ? Son indifférence était-elle un moyen de pallier la dépression ? Et si, derrière sa structure psychopathique, un mélancolique se maintenait à flot ? Sans plus de défenses, je crains qu'il ne s'effondre complètement devant moi. Je murmure :

— On croit toujours, après une déception amoureuse, qu'on ne retrouvera jamais quelqu'un d'autre. Pourtant, ça arrive. Souvent, la personne rencontrée nous correspond même mieux que celle qu'on regrettait.

Il s'emporte soudain :

— Vous ne comprenez rien ! Je ne suis pas un ado qu'on console par des lieux communs ! J'en ai vu défiler des femmes, avec toutes mes conquêtes ! Si je vous dis que celle-là était unique, que je n'ai jamais ressenti ça, c'est qu'il y a peu de chances pour qu'une telle rencontre se reproduise !

Sa colère fulgurante me glace avant de me rassurer : ses défenses habituelles reprennent le dessus. S'il arrive à s'affirmer, il n'est pas encore résigné. L'énergie vitale ne l'a pas quitté, mais il souffre de façon authentique. Ai-je minimisé sa peine pour mieux nier ma responsabilité ? Il est revenu en consultation pour exprimer son désespoir. La moindre des choses serait d'accueillir ses émotions. Je reprends doucement :

— Cette situation doit être difficile pour vous. Avez-vous envie d'en parler plus longuement ?

— Pas vraiment. Cela fait plusieurs semaines que je rumine. Je préférerais une blessure physique à cette désolation morale. Mon cerveau ne cesse de se lamenter sur son départ. Même avec Sarah, je n'ai pas ressenti le tiers de ce qui me torture aujourd'hui.

— Vous expérimentez l'émotion qui suit la perte de quelque chose ou de quelqu'un : la tristesse. Elle est très pénible, mais elle sert à favoriser l'assimilation, l'acceptation des épreuves.

— J'ai l'impression d'être un gosse.

— Cela peut vous rappeler des sensations d'enfance, en effet, car un enfant vit les émotions sans filtre, sans s'en préserver.

— Je suis adulte et accessible à la raison, je devrais comprendre ce qui s'est passé, mais j'en suis incapable. Je me sens impuissant.

Sa coopération m'impressionne. Il se saisit de mes paroles pour les prolonger, se dévoilant franchement. Une chaleur agréable emplit mon corps. Je me délecte du plaisir ressenti quand la thérapie fonctionne, quand le psy et son patient collaborent avec efficacité dans la même direction. Il me laisse faire mon métier et m'autorise enfin à l'approcher. Mon plan diabolique aurait-il été thérapeutique ?

— L'impuissance est aussi une émotion compliquée. Elle nous confronte au principe de réalité : nous ne décidons pas des événements. Elle nous ramène à notre sort d'humain démuni face au destin et à la mort.

— Je n'ai pas peur de la mort et je n'ai jamais craint la douleur physique. Par contre, je sais aujourd'hui que je n'avais jamais expérimenté la torture morale.

— Est-ce la première fois que vous souffrez ?

— Parfois, le passé nous rattrape, la vie fait des siennes, nous essuyons des échecs, nous trépignons devant la frustration, mais j'aurais préféré me passer des affres qui me tordent le ventre en ce moment.

— Pensez-vous que la femme dont vous parlez ait pu, à elle seule, vous plonger dans ce désarroi ?

— Vous tentez encore de faire des liens avec d'autres événements. Les psychologues ne conçoivent-ils jamais l'hypothèse d'une cause unique ?

— Nous sommes constitués d'une histoire, d'une personnalité, d'interactions avec autrui, de souvenirs… Une rencontre implique de nombreux éléments dont nous n'avons pas conscience et qui occupent une place primordiale dans la compréhension de l'attirance.

— Vous êtes bien peu romantique ! Avant tout, j'ai ressenti une harmonie et un attrait irrésistibles alors que cette femme m'était inconnue. Nos esprits ont communiqué au-delà des mots, se sont unis…

Sa description de leur communion terminée, il se désole :

— Le vide est tellement brutal, à présent ! Elle est devenue « mon écharde dans la chair », comme aurait dit Kiekergaard…

Il pousse un soupir avant de tourner la tête vers la fenêtre. Sur son visage, la lumière accentue le contraste entre son teint livide et ses cernes. Il détaille la façade de l'immeuble d'en face et les cimes bourgeonnantes des arbres qui égayent la rue. Contagieux, son chagrin ravive mon envie de l'aider. Comment le guider dans cet imbroglio affectif ?

— Que signifiait pour vous la relation avec… Comment s'appelle-t-elle ? Ce sera plus simple.

Son poing serré autour du mouchoir s'appuie brièvement sur ses lèvres.

— Je ne sais même pas.

Il semble subir la violence de ce constat une deuxième fois. Je demande avec prévenance :

— Comment pourrions-nous l'appeler ? Tout à l'heure, vous avez mentionné un pseudo.

Son regard se plante dans le mien.

— Storie.

Une teinte rousse entoure ses iris bruns. En évitant ce contact visuel déroutant, mes yeux rencontrent l'horloge. La séance est presque finie. Il reste cinq minutes exactement, mais j'attrape déjà mon agenda. Monsieur Guerrand se redresse sur sa chaise.

— J'aimerais qu'on se voie toutes les semaines. Cette période m'éprouve beaucoup.

— Pas de problème, je suis là.

Je lui envoie un sourire rassurant.

— Même heure, jeudi 11 ?

— Plutôt en fin de journée, après le travail. Aujourd'hui, j'ai dû prendre mon après-midi pour venir à ce rendez-vous, le seul créneau restant. J'avais vraiment besoin de parler.

— Dix-neuf heures, ça irait ?

Il acquiesce. Nous nous levons. Son regard au fond du mien, il fait durer notre poignée de main avant de chuchoter :

— Merci.

Souvenirs douze

Deux années durant, au collège, mon frère fut amoureux d'une fille de sa classe. Jeanne était petite, frêle, le nez en trompette et les cheveux châtains bouclés. Liam l'aimait en silence et par le regard principalement. Quand il m'en parlait, j'arborais un air concerné comme s'il m'expliquait un phénomène météorologique. J'ignorais comment réagir. L'interrogeant en détail, j'enfouissais son attirance sentimentale sous les questions. Il donnait le change une dizaine de minutes — preuve qu'il l'observait attentivement — avant que son assurance ne ploie.

Quand mon interrogatoire traitait du caractère, des choix existentiels ou des préférences gastronomiques de sa bien-aimée, il pinçait les lèvres. Il constatait avec embarras qu'il ignorait beaucoup de celle qu'il prétendait chérir. Il soufflait, déçu de lui-même : « Oh, de toute façon… » et finissait sa phrase par un haussement d'épaules.

Je le surprenais à élaborer des stratégies d'approche prolongées de notes sur les dangers encourus par et pour son ego. Je m'attablais à ses côtés pour étayer ses réflexions. Nous évaluions ensemble les différentes réactions que Jeanne risquait d'opposer à sa proposition de sortie et leur probabilité d'apparition — acceptation de l'offre : 9 % ; déclinaison : 41 % ; indécision : 25 % ; rire nerveux : 12 % ; demande de conseil à une amie : 13 %. Dans cette entreprise, mon côté psychologue et son côté scientifique se mariaient parfaitement.

Réponse jugée la plus probable, la menace d'un refus l'empêchait d'agir. Nous hochions la tête, résignés devant cette triste évidence. D'autres solutions auraient pu résoudre ce problème, mais Liam demeurait dans l'inaction. Ce sabotage inconscient eut cours tant que nous fûmes scolarisés dans le même collège. Une relation sentimentale aurait mis en péril notre belle complicité.

Liam souffrait d'une réputation de premier de la classe. Il passait les récréations assis sous le préau à jouer aux cartes avec des amis si sages qu'ils paraissaient empaillés. Lorsque la cloche annonçait la reprise des cours, il notait dans son carnet la disposition des cartes, le jeu et le score de chacun pour poursuivre la partie ultérieurement.

Ses camarades se moquaient de sa petite taille, son visage poupin mangé par de grandes lunettes et son langage affété. Néanmoins, personne ne s'attaquait physiquement à lui. Mes exploits sportifs relayés par les journaux locaux dissuadaient ses persécuteurs de lui arracher un cheveu. Même si nous ne fréquentions pas les mêmes groupes d'amis, nous avions toujours un regard ou un sourire l'un pour l'autre.

Quand nous rentrions du collège, je me ruais sur mon vélo électrique après avoir avalé un goûter. Liam revisitait mes cours de la journée confortablement assis dans le *rocking-chair*, pour les agrémenter d'anecdotes et de détails croustillants. Son expertise dans les domaines scientifique et historique m'impressionnait tant que je me prêtais au jeu de mémorisation par respect pour ses connaissances. Grâce à son savoir, j'obtenais de bonnes notes dans ces matières, luttant pour friser la moitié dans les autres. La question du redoublement me suivait comme mon ombre, mais chaque année, j'y échappais de justesse.

En troisième, je priai secrètement pour écoper de cette sanction. L'idée même de me séparer de mon frère me réveillait en sursaut la nuit. De son côté, il s'inquiéta soudain des dispositions à prendre pour se défendre par lui-même et se passionna pour les arts martiaux. Le conseil de classe décida de m'accorder une chance en seconde générale. Ma séparation — en journée — d'avec Liam constitua mon premier chagrin d'amour.

Le « problème Jeanne » nous ayant chauffé les neurones deux ans durant, nous décidâmes que le moment de sa résolution était arrivé. Mon frère désirait vérifier avant les vacances d'été ses récentes hypothèses sur un appel téléphonique — acceptation de l'offre : 34 %, déclination : 34 %, indécision : 11 %, rire nerveux : 4 %, demande de conseil à une amie : 5 %, proposition d'une activité : 12 %.

L'idée de la conversation par téléphones interposés avait illuminé son esprit un soir alors qu'il s'apprêtait à dormir. Excité, il avait attrapé son carnet sous son oreiller — il s'en éloignait rarement — et s'était perdu en calculs. Dévoiler ses sentiments à Jeanne « chez elle » représentait selon lui la clé du problème. Dans son environnement habituel et hors du cadre scolaire, elle serait suffisamment rassurée pour envisager une sortie en sa compagnie. Il avait même ajouté une catégorie supplémentaire à ses réactions possibles : d'elle-même, elle proposerait peut-être une activité.

Son enthousiasme enterrait tous ses espoirs déçus. La perspective d'une action débouchant sur la même probabilité d'acceptation que de refus l'extasiait. À mes côtés ce soir-là, il suivit avec passion la rediffusion de deux matchs du *All-Star week-end* de la NBA. Alors que je m'endormais, rêvant de la mythique passe avec le coude de

White Chocolate, il noircissait les pages de son carnet de sa future déclaration d'amour.

Nous avions convenu de nous concentrer sur l'essentiel, après de nouveaux calculs liés à l'ajout de la possibilité d'une réponse « raccrochage », estimée à 13 %. Nous corrigeâmes son monologue amoureux de nombreuses fois pour qu'il s'apparente à une poésie. Liam s'entraînait à le réciter pendant que je boxais mon sac de frappe, stoppant net quand une sonorité ou une tournure de phrase exigeait modification. La perfection atteinte, il avait la bouche sèche et moi le visage en sueur.

Vint le moment délicat de composer le numéro du domicile des Ferrier, recherché dans l'annuaire. La présentation de mon frère rigoureusement répétée, il appréhendait pourtant de tomber sur les parents de Jeanne. Son doigt tremblant restait figé à quelques millimètres de la touche « 0 ». Je mimais la prononciation des mots à la façon d'un souffleur au théâtre, la bouche exagérément ouverte : « Bonsoir, excusez-moi de vous déranger, je suis un camarade de classe de Jeanne, pourrais-je lui parler ? »

Deux tentatives ratées le plongèrent dans le désarroi. La première fois, laissant les questions : « Allo ? Qui est à l'appareil ? » sans réponse, il raccrocha. La seconde, il tenta de s'exprimer, mais les mots restèrent vides de sonorités. L'embarras de la mère de Jeanne et de mon frère à son comble, je lui arrachai le combiné des mains pour le reposer sur son socle.

Le triste échec de mon frère m'accabla tout autant que lui. En deux jours, la peine qui suintait de ses yeux me convainquit d'effectuer l'appel à sa place. Nos voix graves se ressemblaient suffisamment pour que notre propre mère les confonde, même si elle n'était pas une référence.

Le mardi suivant, après un goûter conséquent, je m'installai dans le canapé du salon et tirai le téléphone sur mes genoux. Mon frère était assis en tailleur devant moi et détaillait avec admiration mon visage durci par la détermination. Impulsive comme à mon habitude, je composai le numéro des Ferrier sans entraînement préalable.

La voix agacée de Monsieur Ferrier aurait pu m'impressionner, mais j'expliquai avec audace avoir un devoir commun à travailler avec sa fille. Mon mensonge enflamma les oreilles de mon frère qui se mit à gesticuler. Je le regardai étonnée, ne sachant si ses mains folles me menaçaient de terribles représailles ou tentaient de rafraîchir ses oreilles cramoisies. Le temps sembla s'étirer avant que la voix timide de Jeanne ne s'élève du morceau de plastique collé à ma joue. Je crus alors que mon frère allait s'évanouir. Il m'observait de ses yeux mi-clos comme un cobaye subit l'effet d'un sédatif.

Sans plus d'indications de sa part, j'improvisai :

— Jeanne, c'est Liam. Je t'appelle, car je te regarde toute la journée. Je connais parfaitement ton visage, tes vêtements, ton écriture et tes notes aux contrôles. Mais certaines choses m'échappent encore et j'aimerais te voir pour en parler.

En position fœtale sur le carrelage, Liam semblait avoir rétréci, dans un désir de disparaître au plus vite de ce monde cruel. Je fis alors l'effort d'ajouter une phrase de sa déclaration écrite :

— Ma curiosité m'a toujours guidé vers de grandes découvertes et, aujourd'hui, elle me mène à toi.

Le souffle de Jeanne s'amenuisa à travers le combiné jusqu'à disparaître dans un « bip, bip » caractéristique des conversations abrégées.

Soulagé de connaître enfin l'issue du problème, Liam ne m'en voulut pas. Il se félicita d'avoir été suffisamment clairvoyant pour anticiper la solution de l'énigme, indice qu'il devenait un vrai scientifique. Nous rîmes de cet épisode ridicule dès le mois suivant.

Séance six

C'est la première fois que je vois Monsieur Guerrand négligé. Tel un jeune homme traversant l'âge boutonneux, il porte un sweat à capuche et un jean trop large. Il m'a devancée dans le couloir sans un mot pour pénétrer dans le bureau et retrouver sa place. Installée face à lui, je l'ai encouragé à me décrire l'évolution de sa tristesse, mais il est resté silencieux. Me montre-t-il à quel point le malheur l'accable ?

La culpabilité qui m'a tourmentée une bonne partie de la semaine me taraude de nouveau. Il traverse certes une étape banale de la vie, mais son désarroi découle de ma vengeance. La seule façon de rattraper mon erreur est d'exercer correctement mon métier. Mes sentiments passés risquent d'entraver la thérapie et, ces derniers jours, je me suis efforcée de dissocier Monsieur Guerrand de Pokerfaith. Ceci dit, ils se ressemblent inévitablement.

— Monsieur Guerrand…

— Appelez-moi Fred. S'il vous plaît.

L'étonnement passé, j'acquiesce solennellement. Ce surnom m'aidera dans ma tentative de clivage.

— Fred, depuis la semaine dernière, comment allez-vous ? Je suis navrée d'insister, mais la description de vos ressentis est indispensable pour que je puisse vous aider.

— Je me sens toujours aussi mal. Concentré sur le travail, j'oublie parfois ce qui m'arrive, j'oublie Storie et les sentiments indécrottables qu'elle m'a inspirés. Dans ces moments, je retrouve des forces, mais une fois chez moi, l'abattement me gagne de nouveau. J'imagine qu'elle va revenir, je guette ma messagerie, je lui compose ma prochaine lettre…

— Elle ne s'est pas manifestée ?

— Non. Et chaque jour qui passe, je réalise que les chances qu'elle me recontacte diminuent. Je nage en plein dans les souffrances du jeune Werther !

— Je suis là pour vous assurer une fin moins tragique.

— Si vous y arrivez !

Je hausse les sourcils, moins habituée à sa répartie. Il reprend :

— Pardon pour le cadre. Je ne voulais pas attaquer vos compétences.

— Eugène ne vous en tiendra pas rigueur.

Ses lèvres se tendent dans un sourire amical vite estompé.

— Je peux vous lire quelque chose ? Ce matin, je lui ai rédigé une lettre, comme chaque jour. Vivre sans elle m'est insupportable.

— Je comprends. Extérioriser votre ressenti ne peut que vous soulager. Tout comme l'écriture, l'expression verbale est thérapeutique.

Quelle hypocrisie ! Son bénéfice émotionnel passe après ma soif d'entendre sa lettre. *Ma* lettre.

Il sort une feuille pliée en quatre de la poche de sa veste. Après l'avoir dépliée et lissée sur sa cuisse, il s'éclaircit la gorge. Sa voix s'élève, plus douce qu'à l'ordinaire :

Storie,
Ce nom est tout ce que je conserve de vous. Un espoir
de bonheur réduit en miettes. Un amour désormais
orphelin, car votre départ rime avec une vie dénuée de

sens. Votre présence me manque comme me manquerait le soleil : votre lumière me dorait le cœur. Mon être me fait souffrir comme s'il ne m'appartenait plus, comme l'organisme rejette un parasite en s'infectant. Je suis un pauvre diable infecté par votre souvenir, par ces mots gardiens de notre complicité. De notre amour.

A-t-il seulement existé ? Ai-je été votre compagnon, votre chevalier, votre amant ou la victime d'une simple vue de l'esprit ? Votre fantôme s'amuse-t-il du spectacle de la lente mort de mon âme ? Je me débats dans mes propres émotions, de la boue noire qui s'engouffre dans ma bouche alors que je hurle à la mort. Sans trouver de sortie, cette tristesse visqueuse sèche en moi.

Vais-je vous porter en moi à jamais, telle une couleuvre tressée aux tripes ? Je le crains. Vous demeurerez au fond de mon ventre comme un aliment mal digéré laissant traîner son poison. Une pierre avalée, lourde comme une double peine : la condamnation de l'amour que je vous portais et l'horreur de votre absence.

Sans vous, je n'aurais pas connu le chagrin. Toute douleur m'était relative. Souhaitiez-vous me rendre meilleur, me faire grandir ? Vous êtes-vous attaché à moi comme prétendu ? Aviez-vous un fond mauvais au point d'user du mensonge pour me détruire ? Ai-je rencontré mon alter ego, un stratège semblable à celui que j'étais et qui m'a fait tomber ?

Vous voyez, je parle de moi au passé. Après votre départ, ma personne s'est amenuisée au fil des jours. J'ai perdu des lambeaux de moi-même comme on dégrossit une pièce de bois. Tel un soldat s'obstine à marcher malgré les balles reçues et finit par s'effondrer. Sans vos mots quotidiens, j'ai glissé à terre. Une seule évidence couronnait mon esprit : j'aurais voulu cheminer des années à vos côtés. Vous resterez celle que j'ai aimée la première, je ne vous oublierai jamais.

Ses yeux scintillent alors qu'ils quittent la feuille de papier pour retrouver les miens. Très émue lors de la lecture, je n'ai cessé de les écarquiller pour ravaler mes larmes. J'avais rêvé de l'écouter me lire ses lettres, imaginé des centaines de fois le bruit de ses lèvres sculptant les mots. Mais aujourd'hui, Fred ressemble à un écolier achevant de réciter le plus triste des poèmes. Son regard transmet une innocence corrompue et l'injustice ressentie par un cœur découvrant la cruauté.

Je tente de démêler mes ressentis. Sa détresse résonne en moi pour déclencher un élan d'empathie. J'ai presque envie de critiquer la femme qui l'a si durement malmené. Malgré la profonde marque laissée, Storie n'est coupable de rien. Elle l'a aidé à découvrir l'amour, l'attachement, le besoin de l'autre et le bonheur d'une relation, même si elle a brusquement abandonné ce qu'ils construisaient ensemble. Son chagrin d'amour aurait pu être causé par n'importe quelle femme. J'articule :

— C'est une très belle lettre…

— Une lettre confuse qui ne sert à rien.

Vissé dans le mien, son regard s'embrase d'une étrange lueur. Je garde la tête froide et j'entreprends de défendre le principe de la lettre thérapeutique.

— Elle vous permet au contraire de verbaliser la douleur. Malgré son absence, vous adresser à Storie vous déleste de votre souffrance. En accueillant vos dires, je prends acte de votre déclaration et vous enlève une partie du fardeau.

Nous nous scrutons avec intensité comme pour déchiffrer une inscription cachée au fond de nos pupilles. Il semble fouiller mes pensées, tester ma stabilité. Je poursuis :

— L'exercice consiste ensuite à déchirer ou jeter cette lettre. C'est le principe de « l'effet Zeigarnik ». Tant qu'une tâche n'est pas achevée, elle demeure accessible en mémoire, comme si le cerveau rechignait à la traiter. Terminer une tâche précédemment interrompue produit un apaisement, car tout organisme tend à clore une action entreprise. Votre histoire avec Storie est envahissante puisque vous n'avez pas vécu sa fin. En vous séparant de cette lettre, votre cortex cessera de traiter obstinément ce problème : il le stockera en mémoire. Cela pourrait représenter une première étape dans le deuil de votre relation avec Storie.

L'encourager à délaisser ses sentiments pour moi paraît contradictoire. Dans ce double-jeu, cette solution reste la seule option pour redorer mon blason professionnel et réparer les dégâts provoqués par ma vengeance. Condamner une histoire d'amour pour sauver ma conscience.

— Je la jette où ?

J'attrape la corbeille à papiers placée sous mon bureau et je la lui tends. Après avoir reculé sa chaise, il la pose au sol entre ses jambes écartées. Il déchire sa lettre très lentement, d'abord la page entière, puis ses deux morceaux superposés et ainsi de suite jusqu'à ce que sa déclaration ressemble à une brique de pâte à papier. Je suis étonnée que ses doigts fins puissent rompre une telle épaisseur. Modérément musclé, il possède une force surprenante.

Il égrène doucement le tas de papiers dans la corbeille de façon un peu théâtrale. Il prête attention à chaque grain ajouté comme on saupoudrerait un plat de piment moulu.

Le dernier morceau blanc tombé, son regard se fige sur cette neige sentimentale.

— Et voilà.

Je murmure avec sollicitude :

— Je vous félicite, Fred. Vous avez franchi une étape importante pour vous rétablir, aujourd'hui.

— J'aurais préféré ne jamais avoir à me rétablir. Même heure la semaine prochaine ? Je sais que la séance n'est pas finie, mais j'ai besoin de prendre l'air.

— Je comprends. Dix-neuf heures jeudi 18, c'est noté. Ça va aller, quand même ?

Surpris par mon ton amical, il me dévisage quelques secondes. Une moue sur ses lèvres et un mouvement d'épaules répondent à sa place. Il marmonne, comme obligé :

— Merci. Au revoir.

Son pas dans le couloir n'a pas la légèreté de celui qui s'est débarrassé d'un poids.

Au fond de la poubelle, j'observe les restes de la lettre. J'en ramasse quelques-uns. L'idée d'en recoller les morceaux me traverse l'esprit, mais j'y renonce. Ce travail correspondrait bien mieux à mon frère. Si nous avions conservé notre connivence, je lui aurais posté ce puzzle par la Poste après lui avoir raconté toute l'histoire au téléphone, soulagée de partager mon secret. Il aurait accepté de m'aider sans hésiter et le même enthousiasme que celui de nos jeux aurait scellé notre accord. Grâce à lui, j'aurais récupéré mon trésor endommagé en un temps record.

De retour à mon bureau, je jette hâtivement sur une feuille blanche les phrases dont je me souviens, sans réussir à retrouver l'harmonie des sonorités, les images perçant les mots, les sentiments transmis. L'écriture de Fred est désespérément unique.

Souvenirs treize

Un imprévu fit irruption dans ma vie l'année de mes quinze ans. Victor présentait un air encore enfantin malgré sa grande taille, comme s'il avait poussé trop vite. Que son visage exprime de l'amusement ou du dégoût, ses traits se tordaient en un sourire espiègle. Il semblait toujours sur le point de proposer un mauvais coup, et cette particularité m'avait attirée dès son arrivée dans le lycée granvillais que je fréquentais.

Nouveau dans la région, il avait intégré ma classe en cours d'année. Élève brillant mais provocateur, nous avions ce point commun de récolter les colles. Si l'un recevait une heure de punition, l'autre s'arrangeait pour en faire autant, dans une compétition idiote ou une entente absurde entre mauvais élèves. Nous nous rapprochâmes au fil des mois jusqu'à occuper des tables voisines le mercredi après-midi en salle de permanence.

L'heure de colle terminée, il attendait sa mère devant le lycée, tandis que je m'éloignais en direction du port pour rejoindre mon père. Il criait alors une plaisanterie pour retenir mon attention. Quand il me faisait rire, son sourire farceur s'étendait pour y inclure une certaine fierté.

Nous commençâmes à nous fréquenter dans la cour de récréation pour discuter et glousser. Mes amis me pressaient d'avouer que je sortais avec le nouveau, mais l'idée ne m'avait même pas effleurée. M'identifiant aux hommes, j'étais plus attirée par les femmes, à l'époque. Je recherchais auprès de mes amies la présence féminine qui me manquait tant. Je les admirais assumer leurs formes et exhiber leurs atouts sans complexe.

Les garçons représentaient pour moi des camarades de jeux ou des confidents, sans plus. Ils s'apparentaient inconsciemment aux membres de ma famille et l'intimité physique avec eux était proscrite. Respectant la distance imposée, mes amis appréciaient ma compagnie basée sur la taquinerie, l'humour, l'absence de maquillage et de caprices. Ils envoyaient leur poing dans le mien pour me saluer et poursuivaient leurs conversations sur les filles en ma présence.

Ces dernières m'incluaient également dans leur cercle, car j'étais proche des garçons qu'elles convoitaient. Elles m'interrogeaient sur leur personnalité et leurs préférences. Elles auraient pu être jalouses de notre proximité, mais l'absence de soin apporté à ma tenue, ma coiffure et mon apparence ne rivalisait pas avec les efforts qu'elles déployaient pour capter leurs regards.

Sans m'attirer, Victor était pour moi un frère de colle, compagnon des heures perdues à enchaîner des lignes de punition ou à rattraper les devoirs. Le surveillant de la salle de permanence nous connaissait et nous couvrait d'un œil bienveillant. Paradoxalement, son indulgence nous empêchait d'adopter l'attitude opposante que nous avions en classe et nous nous tenions relativement bien.

Un mercredi ensoleillé, en sortant de notre heure de punition, Victor proposa :

— On descend à la plage ?

Je devais retrouver mon père sur l'aire de carénage pour l'expertise d'un voilier, mais j'acquiesçai.

Notre lycée était perché sur la falaise qui dominait la côte. Un chemin serpentait sur son flanc pour rejoindre une plage de galets, en contrebas. Je passai devant Victor qui soutint mon pas sportif sans s'essouffler. Nous marchâmes dix mètres sur les galets avant de nous installer. Assis côte à côte face à la mer, nous lancions des pierres devant nous.

— Pourquoi tu es venu t'installer en Normandie, au fait ?

— Mon père a trouvé un poste ici, alors on a déménagé. Mais on ne va pas rester.

Quelques secondes passèrent où je ressentis un drôle de picotement dans le ventre.

— Pourquoi ?

Il haussa les épaules en signe d'ignorance. Je le détaillai avant de détourner le regard vers l'horizon. Poussant les cailloux de mes pieds, je lâchai :

— C'est dommage.

Il se rapprocha de moi en prenant appui sur ses mains. Au moment où je tournai la tête pour étudier sa manœuvre, il projeta ses lèvres sur les miennes. J'eus un mouvement de recul qui me fit perdre l'équilibre si bien que je me retrouvai dos contre terre, Victor allongé sur moi.

Son visage se découpait devant le ciel. Éblouie, je plissai les yeux pour découvrir dans les siens une lueur humide.

— Tu pleures ?

— Je peux recommencer ?

Je m'entendis répondre :

— Oui.

Il se pencha de nouveau sur moi. Son torse contre ma poitrine naissante, il m'embrassa longuement au coin des lèvres. Je scrutais son front, ses yeux clos et ses cheveux balancés par la brise avec une émotion inédite. La caresse de sa langue m'emplit d'un plaisir inconnu qui me fit rougir jusqu'au soir.

Me connaissant mieux que personne, mon père et mon frère s'enquirent de ce changement singulier de couleur. J'inventai que j'avais attrapé un coup de soleil à travers la vitre de la salle de permanence. En bon scientifique, Liam rétorqua :

— C'est physiologiquement impossible.

Mon regard furieux lui intima de se taire. Il ajouta pourtant :

— La vitre absorbe les UVB responsables des coups de soleil et il aurait fallu que tu restes exposée bien plus d'une heure pour que les UVA t'en causent un.

Devant ma mine déconfite, il soupira :

— Enfin, Ptolémée affirmait bien que la Terre était le centre de l'Univers…

Ce fut le premier secret que j'eus vis-à-vis de mon frère. Je ne lui avouai mon aventure qu'au bout d'une semaine. J'avais besoin de partager ma sidération : Victor n'était plus revenu au lycée. Son père avait dû quitter son poste et sa famille la région.

Je ne fus pas triste. Cette expérience me laissa un goût d'excitation et d'étrangeté. Mon regard s'attachait davantage aux hommes et au dessin de leur corps. Finalement, Victor décida de mon orientation sexuelle, mais une autre raison fit que je ne l'oubliai jamais.

Quelques semaines après notre sortie à la plage, mes proches et les professeurs commencèrent à s'inquiéter. Je restais assise sur ma chaise deux heures d'affilée, les pieds posés au sol et la tête retenue par le poing. Je marchais à un rythme raisonnable, je parlais sans manger les mots, j'écoutais les consignes sans répliquer.

À la maison, je me mis à faire la vaisselle, activité défendue pour cause de casse systématique. Je délaissais le vélo électrique les jours de pluie pour jouer aux échecs ou prêter attention aux cours magistraux de mon frère. Je lui demandais de me lire une histoire à voix haute le soir avant de m'endormir comme un bébé. Mes nuits s'approchaient enfin de la durée moyenne de sommeil d'une adolescente de mon âge. Je laissai tomber le volley et le judo pour conserver des forces pour le badminton, mon sport préféré. Seulement, en compétition, mon cœur battait la chamade et, après dix points, je suffoquais déjà.

Au début, mon père crut que je m'étais assagie. Il se félicita de l'effet des tempêtes sur ma santé. Mieux qu'une mère, l'Océan Atlantique m'avait apporté de la douceur au-delà de ses espérances. Il soupirait de bonheur en m'observant assise aux côtés de mon frère devant une émission scientifique ou animalière sur Arte. Tout son être semblait dire : « Le plus dur est enfin passé ».

Un mois durant, il se soucia peu de mon extinction d'énergie. Enchaînant les siestes, il récupérait le sommeil de nombreuses nuits avortées, réveillé à cinq heures et demie du matin par le batteur électrique. Il se reposait de toutes ces années où il avait joué à l'infirmière après une mauvaise chute et multiplié les allers-retours pour m'emmener à mes activités.

Le quotidien nous parut bientôt morne et l'ambiance trop tranquille, voire barbante. Pour la première fois, nous menions une vie de famille lambda. Plus de petit déjeuner maison — Liam découvrit les *Chocapic* —, de jeux idiots chronométrés, de cris d'impatience, d'assiettes cassées et de résultats sportifs commentés avec tant de précision qu'ils en étaient incompréhensibles.

Mon père prit rendez-vous chez le médecin. Les analyses de sang effectuées, nous découvrîmes que j'étais tout simplement atteinte de la « maladie du baiser ». Cela durerait quelques mois tout au plus selon le docteur. Rassuré par la bénignité de la mononucléose et plein d'espoir, mon père posa de nombreuses questions sur les cas d'affectation prolongée.

Après mon histoire courte mais intense avec Victor, ma découverte de l'inconnu perdurait. J'expérimentais le quotidien de tout un chacun, limitée par le virus à un quota d'énergie raisonnable. J'avalais mes céréales, les yeux encore collés de sommeil, je me rendais fatiguée en cours et je fournissais des efforts pour rester concentrée, me levant à la sonnerie. En rentrant du lycée, je me vautrais dans le canapé devant la télé avec un goûter à portée de main. Je traînais les pieds pour préparer mes affaires et participer aux entraînements de badminton. Je ressentais enfin « la flemme », ce fléau dont tout le monde parlait. À vingt-trois heures, je tombais d'épuisement.

Sur le moment, je supportai très mal l'abattement physique et la privation de mes moyens. Mes élans d'autrefois étaient freinés avant même de naître et l'ennui m'enveloppait comme une cape de pluie. Avec le recul, cette période de repos forcé m'apprit beaucoup. Elle contribua à me rendre plus empathique, concernée et proche de mes congénères, malgré nos différences. Je constatais que je pouvais gérer mon impulsivité, patienter et écouter mon interlocuteur sans être distraite : des capacités quasi surhumaines.

Qualifiée de « carabinée » par le médecin, ma mononucléose dura presque un an. J'ignore quelle aurait été mon évolution sans cette maladie, mais après son passage dans ma vie, je canalisai mieux mon énergie. Mon parcours scolaire s'en trouva amélioré malgré quelques troubles du comportement résistants. Mes notes au lycée progressèrent nettement et, alors que les professeurs me destinaient à un bac pro ou technique, je passai en première générale. Un nouvel horizon professionnel s'ouvrit miraculeusement à moi grâce à Victor.

Séance sept

Découvrir Fred dans la salle d'attente m'a rassurée. Après le moment difficile de la lecture puis de la destruction de sa lettre, je craignais qu'il ne souhaite pas poursuivre notre travail. Lorsqu'une étape de la thérapie s'avère douloureuse, nous appréhendons que le patient ne l'abandonne entièrement.

Mon soulagement s'est vite trouvé balayé : autour de Fred, la morosité était palpable. Lors de notre poignée de main, j'ai serré sa paume dans la mienne pour qu'elle ne s'échappe pas. Il a répondu à mon « Bonjour » par un bref signe de tête, avant de me suivre d'un pas traînant. J'ai presque dû l'encourager à entrer dans le bureau où il s'est effondré sur la chaise. Comme une personne âgée, il a péniblement enlevé sa veste avant de la coincer entre son dos et le dossier.

L'un en face de l'autre, Fred me dévisage, la lèvre supérieure retroussée dans un curieux rictus. Je m'apprête à lui poser l'éternelle question : « Comment allez-vous ? », mais il me devance, lâchant brutalement :

— Comment gère-t-on sa tristesse ? Ne peut-on pas la supprimer ?

Ah, ce fantasme des patients ! Combien consultent en nous intimant de les débarrasser de leurs émotions désagréables ? Nombre de psys répondent : « M'avez-vous vu avec une baguette magique ? Non. La thérapie est un processus composé d'efforts et de temps ». De plus, les émotions sont fonctionnelles. L'anxiété prépare au danger, la colère fait respecter les limites, la joie multiplie les situations heureuses. Pourquoi ne pas se servir des indications qu'elles fournissent plutôt que de vouloir les évincer ?

— Vous ne pouvez pas éliminer votre tristesse en claquant des doigts. Par contre, nous pouvons l'explorer ensemble et essayer d'en comprendre l'utilité.

— Des souvenirs sont remontés depuis que vous avez évoqué l'enfance la dernière fois, mais ils sont difficiles à décrire.

— Prenez votre temps.

Obéissant à ma suggestion, il laisse filer les secondes. Il reste un moment silencieux, les lèvres délicatement ouvertes, puis il souffle :

— Quand j'étais petit, j'ai vu et entendu des choses qu'un enfant n'aurait pas dû voir ni entendre.

Après un nouveau silence, il ajoute :

— Beaucoup de violence.

Vais-je enfin accéder au cœur de ce mystérieux personnage ? Comprendre son fonctionnement, la construction de sa personnalité perverse et les événements qui l'ont mené à la haine ?

— Ma mère et moi…

Le gémissement rauque qu'il pousse évoque la douleur. Les mots semblent s'entasser dans sa gorge et il baisse les yeux. Comme s'il enlevait du maquillage, il frotte son visage du plat de la main, puis il se désole :

— Je n'y arrive pas. Je n'en ai jamais parlé à personne.

— Ce n'est pas grave. Concentrons-nous sur votre ressenti plutôt que sur le contenu de vos souvenirs. Pourquoi est-ce si dur d'en parler ?

— J'ai honte. Peut-être est-ce quelque chose que j'ai mérité ?

— L'enfant s'attribue souvent la responsabilité des événements familiaux dont il est témoin, mais en réalité, il n'en est que la victime. Une fois adulte, il peut relativiser.

— C'est sûr que maintenant, je lui en enverrais de bonnes, moi aussi.

Je tente :

— À votre père ?

Il confirme d'un signe de tête.

— Mon père battait ma mère sous mes yeux. Je n'étais qu'un gamin. Je ne pouvais rien faire. Quand je m'interposais, il m'envoyait une claque si forte qu'elle aurait pu me casser le cou. Je me sentais tellement...

— Impuissant ?

Il se lève promptement, comme sur des ressorts.

— C'est trop pour moi, je vais m'en aller.

Dans un souci de contenir son émotion, je m'empresse de déclarer :

— Je suis désolée des violences que vous avez vécues enfant. De nombreux patients me racontent les maltraitances subies dans l'enfance et c'est un passage ardu de la thérapie. Une fois à l'extérieur, une fois dites, elles sont moins menaçantes et on peut en alléger le souvenir. Je peux vous proposer des exercices qui vous aideront à les assimiler et à les rendre moins terrifiantes. Croyez-moi, nous pouvons surmonter ça.

— La dernière fois que j'ai voulu croire une femme, elle s'est évaporée.

— Je n'occupe pas la même position. Je suis votre psy. Sauf problème éthique ou mauvaise entente, je m'engage à vous aider.

Viens-je de prononcer le mot « éthique » ? Vais-je réellement l'amener à dépasser le mal que je lui ai moi-même infligé ? Ignorant mes pensées parasites, j'insiste :

— Je vous donne ma parole professionnelle et personnelle. Me faire confiance fait partie du travail que nous avons débuté.

Après avoir étudié mon visage, il se rassoit très lentement. Je tends l'oreille pour l'entendre chuchoter :

— J'espère que vous savez ce que vous faites.

Je réprime un sourire. Comme avant, il utilise la menace et fait naître le doute. Storie a certes modifié son rapport avec ses émotions, mais il reste manipulateur. Il est juste moins dangereux avec le cœur brisé.

Je propose :

— Pourquoi ne pas tenter de faire un des exercices dont je vous parlais ?

Il hausse les épaules.

— Si vous voulez.

Je développe :

— Le but est de visualiser une scène traumatique les yeux fermés et de la modifier en imagination. Grâce à l'insertion de nouveaux éléments dans la scène, votre cerveau va retraiter le souvenir. Il y associera des sensations et des émotions moins vives et douloureuses. Quand vous y repenserez ensuite, il sera allégé. Vous ne le subirez plus. Êtes-vous d'accord pour essayer ?

Circonspect, il renouvelle son mouvement d'épaules. J'ignore son indolence.

— Très bien. Vous allez choisir un souvenir représentatif des violences subies, puis le visualiser dans votre tête. En vous guidant par la parole, je vous y ferai évoluer et je vous y introduirai en tant qu'adulte. À ce moment-là, vous pourrez intervenir et protéger l'enfant que vous avez été. Ça peut paraître compliqué, énoncé comme ça, mais si vous suivez mes instructions, l'exercice fonctionnera. Vous transformerez l'impuissance passée en possibilité d'action aujourd'hui.

J'insiste devant son expression mitigée :

— D'accord ?

Il acquiesce soudain, comme si un levier avait basculé en lui. Transportée par ce vent nouveau, j'explique :

— En premier lieu, il est important que nous définissions ensemble un endroit de sécurité dans lequel vous réfugier en cas de besoin. Cela peut être une maison de vacances, la plage, la montagne ou une invention de votre esprit, qu'importe le lieu tant que vous y êtes bien. Ce lieu imaginaire vous servira de zone de confort où gérer plus facilement vos émotions. À l'avenir, vous pourrez le solliciter en cas d'inquiétude. Il est accessible à tout moment et représente une ressource infaillible.

Pendant qu'il songe à ma proposition, je m'évade par la pensée dans le champ qui s'étendait devant ma maison, en Normandie. Il s'arrêtait au sentier côtier qui bordait la falaise. Hérissé de hautes herbes, il offrait une parfaite cachette pour une enfant. Je m'allongeais sur ce tapis végétal, ne me souciant guère des insectes qui y grouillaient. La tête entre les graminées, j'observais les nuages défiler. Plus rien ne pouvait m'atteindre.

Le regard de Monsieur Guerrand semble sonder le mien. Après avoir pris une lente inspiration, il confie :

— J'ai grandi dans une cité à Évry. À l'entrée des barres d'immeubles, on nous rackettait et, à la sortie, on nous remettait de la drogue en nous indiquant l'endroit où la revendre. On se faisait emmerder sans arrêt, ce n'était pas un endroit où élever des enfants. Âgé de trois ans de plus, je devais protéger mon frère. Il aurait pu être un compagnon de jeux, mais il a été un vrai boulet. Je devais obéir aux *caïds*, sinon ils le menaçaient lui. Si j'avais ramené mon frère à la maison avec un cocard, je me serais ramassé bien pire. On habitait dans une tour, au dixième étage sur douze. Au dernier, il y avait une lucarne qui donnait sur le toit. Le cadenas avait été défoncé et l'échelle pour y accéder était restée accrochée au mur. Elle pesait lourd, mais j'étais costaud pour mon âge : j'ai commencé le Taekwondo à cinq ans. Face à mon agressivité, ma mère avait trouvé cette solution, à condition que je ne révèle pas notre petit secret. Si mon père avait découvert que je pratiquais les arts martiaux, il me l'aurait interdit et c'était la seule activité qui me plaisait. Alors j'encaissais ses coups sans me défendre. De toute façon, je n'ai jamais été à la hauteur pour y répondre : mon père est parti quand j'avais dix ans. Je ne l'ai jamais revu. Il ne vaudrait mieux pas.

Mon exercice consistait à lui faire aborder un souvenir difficile avec plus d'aisance. Je ne pensais pas déclencher une telle série de confidences ! Décidément, cet homme est surprenant.

— Bref, j'ai pu soulever l'échelle et accéder à la lucarne assez tôt. Le toit servait de *squat* clandestin la nuit. Des bouteilles et des mégots jonchaient le sol, mais pour moi, c'était le paradis. De là-haut, on avait vue sur tout Évry et la forêt de Sénart. On apercevait même celle de Fontainebleau, quand l'air n'était pas saturé de pollution.

Un sourire nostalgique lisse ses traits. La beauté transmise par son récit me saisit moi aussi et j'imagine le petit Fred debout face au vide, les cheveux au vent devant la grandeur du monde. Il possédait déjà l'âme d'un poète ; Pokerfaith se dessinait lentement en lui...

Sortant d'une certaine torpeur, je précise :

— Faites-moi signe si l'exercice vous angoisse et nous irons prendre l'air en haut de votre tour.

Il valide ma proposition d'un signe de tête. J'énonce d'une voix douce et en détachant les mots :

— Pour le moment, fermez les yeux. Concentrez-vous sur votre respiration. Suivez le trajet de l'air depuis vos narines jusque dans vos poumons et observez les sensations ressenties à l'inspiration : le ventre se gonfle, les épaules se soulèvent. Puis, faites de même à l'expiration : sentez vos épaules retomber, votre ventre se dégonfler et, plus généralement, votre corps se relâcher. Pensez aux tensions évacuées avec votre souffle.

Regarder un patient pendant un exercice de relaxation ou de visualisation est une activité particulière. Il suit nos mots, notre voix et nos suggestions. Confiant, il s'abandonne, nous obéit. Son corps réagit en conséquence. Tel un marionnettiste, nous dirigeons notre pantin dans un monde fait de souvenirs. Nous imaginons ses réactions mentales, connectés à son ambiance interne. Nous surveillons son cycle respiratoire, sa nervosité, ses moindres tics. Plongés dans son intimité, nous détaillons sans gêne son visage et son corps comme on le ferait d'un enfant endormi.

Les rides du front de Monsieur Guerrand sont relâchées. Sous ses paupières, ses yeux ne s'agitent pas. Sa respiration est régulière. Il a répondu positivement à l'état de détente suggéré et je le sens glisser vers un état de conscience modifiée. J'introduis l'exercice :

— Maintenant, vous allez vous représenter un souvenir teinté du sentiment d'impuissance que vous me décriviez tout à l'heure. Quand la scène est claire dans votre esprit, j'aimerais que vous me la racontiez au présent.

Pendant quelques secondes, il ne change pas d'expression de visage. Puis ses lèvres se pincent et ses traits s'indignent.

— Je suis avec ma mère dans la cuisine. On prépare le repas. Je ne sais pas où est mon frère, peut-être dans sa chambre. On rit, parce que j'ai léché la cuillère en bois et que j'ai de la sauce tomate plein les joues. Un bruit de clé dans la serrure de la porte d'entrée nous fige soudain. On échange un regard inquiet et ma mère me fait signe de filer. Je traverse le salon, mais la porte s'ouvre trop tôt et je me cache derrière le canapé. Mon père se dirige directement vers la cuisine. Ses cris et sa voix orageuse me parviennent. Puis des bris de vaisselle et des bruits de coups. Je sais ce qui se passe, mais je ne fais rien. Je reste paralysé ! Pourquoi je n'y vais pas ? Qu'est-ce que j'attends ?

Son visage se froisse. Il enfonce les poings dans ses yeux et sa voix se déforme :

— Les supplications de ma mère sont insupportables. Finalement, je me rue dans la cuisine et je m'élance contre mon père, le poussant de toutes mes forces de petit bonhomme. J'essaye de le blesser avec mes poings minuscules. Il m'attrape par les cheveux et m'écarte de lui, m'envoyant de son autre main une claque en pleine face. Mon nez semble brisé ! Ma mère hurle plusieurs fois mon prénom.

Les mains plaquées sur son visage, il étouffe un cri :

— Maman !

Son corps secoué de sanglots muets se recroqueville sur le siège. D'une voix encombrée de salive et de larmes, il laisse échapper :

— Je ne suis qu'un gamin !

La dernière syllabe se fond en un gémissement dans lequel jaillissent ses émotions refoulées.

La régression infantile est un phénomène impressionnant. En revivant des souvenirs d'enfance, le patient adulte peut agir comme l'enfant qu'il a été. Le psy assiste à des caprices et des crises de colère ou de pleurs. Dans ces moments-là, le cadre explose littéralement. Un patient obséquieux en dehors de cette reviviscence peut nous tutoyer, nous accuser d'être méchante ou la préférée des parents. Nous devenons le réceptacle des ressentiments enfouis. Quand le patient sort de cet état, il nous regarde, interdit. Il s'excuse bien souvent en se remémorant l'exercice.

Je l'arrache à ses souvenirs d'une voix suave :

— Fred, nous allons maintenant introduire dans la scène l'adulte que vous êtes aujourd'hui. Pouvez-vous me décrire où vous vous situez, ce que vous voyez ?

— J'entre dans l'appartement. Je fonce vers la cuisine et je m'aperçois gamin, le nez en sang. Ma mère a le visage tuméfié. Une rage s'empare de moi et j'empoigne mon père par le col. Je serre le tissu tellement fort qu'il en a le souffle coupé. J'ai envie de le laminer de coups, de réduire en bouillie sa gueule d'alcoolique.

Il fulmine tant que son visage pourrait dégager de la fumée. Le nœud émotionnel est atteint.

— Que lui dites-vous ?

— Espèce d'enfoiré ! Tu nous as défigurés sans scrupule ! C'est tellement facile de lever la main sur plus faible que soi. Tu as bousillé mon enfance, celle de mon frère et la vie de ma mère ! Tu as fait d'elle une moitié de femme, craintive et repliée. De mon frère, un gosse paumé, sans repères. Et moi… Putain, je lui serre la gorge…

Brandis devant lui, ses poings sont blancs sous l'effet de la pression.

— Continuez.

— Et moi, l'odeur du sang m'a suivi tout ce temps. D'un môme rempli d'une haine froide, je suis devenu un adulte perverti par ta violence. Je me déteste !

— Si vous deviez protéger votre famille, que feriez-vous ?

— Je le traîne à travers l'appartement sans aucun ménagement, en le cognant contre les meubles. J'ouvre la porte d'entrée et je le balance dans les escaliers. Je gueule : « Casse-toi ! Ne reviens jamais ou je te tue ! »

— D'accord. Le voilà parti à tout jamais et vous refermez la porte sur ce terrible passé. Que faites-vous ensuite ?

Il s'effondre en larmes. Le visage caché dans ses mains, il geint :

— Je cours vers les miens. Je soulève le petit bonhomme dans mes bras. Je le berce contre mon torse. Je murmure : « Maintenant, tout va bien ». Ma mère s'approche de nous et je l'enlace, elle aussi. Je lui dis : « C'est fini, on ne le verra plus. Tu peux faire ta vie, devenir une femme épanouie ».

— Bien. Que pouvez-vous dire au petit bonhomme pour le rassurer sur l'avenir ? Adressez-vous à lui.

En une seconde, sa voix devient ferme :

— Tu prendras ta revanche sur cette chienne de vie. Pour l'instant, elle ne te gâte pas. Ton père est un fou furieux, ta mère une ombre cabossée. Quand tu comprendras que tu dois compter sur toi-même, tout changera. Tu sauras où trouver de l'argent, tu feras une grande école, tu deviendras quelqu'un ! Je suis là pour assurer ton parcours et te protéger. Tu réussiras, je te le promets.

Son dos retombe contre le dossier de la chaise et il soupire comme s'il expulsait tout le mal accumulé pendant des années. Quelque chose que je ne saurais décrire s'estompe dans l'atmosphère. L'exercice est fini.

— Fred, vous allez maintenant respirer calmement pendant quelques minutes, reprendre tranquillement vos esprits.

Les yeux fixés sur son ventre, j'observe sa respiration devenir de plus en plus ample.

— À partir de maintenant, vous allez compter chaque expiration en partant de dix pour aller jusqu'à zéro. Tout doucement, vous vous représenterez la pièce dans laquelle nous sommes, le bureau, les meubles, les objets, les couleurs. À votre rythme, vous reviendrez ici.

Je compte avec lui neuf expirations. À la dixième, je dis :

— Vous pouvez maintenant bouger les mains, les pieds et vous étirer. Quand vous vous sentirez prêt, vous ouvrirez les yeux.

Tout se produit comme je l'ai suggéré. Je détourne pudiquement le regard le temps que Fred se réhabitue à la lumière ambiante.

Les patients sortent parfois désorientés de ce genre d'exercice. Mal à l'aise, ils se rappellent leurs comportements, leurs réactions émotionnelles et ont besoin d'être rassurés. Malgré ses paupières encore lourdes, Fred ne s'étonne pas de me découvrir face à lui. Son regard est calme et confiant. Je sens son corps se ranimer et son esprit assimiler la dernière demi-heure.

Le silence qui se prolonge entre nous n'est pas gênant. Néanmoins, apercevant l'heure, je dis :

— Notre séance va s'arrêter. Comment vous sentez-vous ?

Il admet :

— Épuisé, mais curieusement bien.

— Parfait. N'hésitez pas à me contacter dans la semaine en cas de besoin.

— Merci. Je rappellerai la secrétaire pour le prochain rendez-vous.

Il se lève pour me tendre la main. Elle diffuse une chaleur étonnante. Après avoir attrapé sa veste, il ouvre la porte et disparaît. Je reste seule de longues minutes avec la teneur affective régnant dans la pièce.

Tribulations dix

Les jours suivants, je n'ai cessé de repenser à cette séance. Le cœur du patient m'avait été tendu sur un plateau d'argent. Je comprenais enfin les fondements de sa personne et l'origine de son agressivité. Victime de maltraitances, il reproduisait ce comportement violent sur autrui et notamment sur les femmes, comme il l'avait observé enfant. Seule Storie avait modifié ce schéma et réveillé l'amour dont il était finalement capable. En le laissant tomber, elle l'avait fait replonger dans son vécu infantile : la négligence, la tristesse et l'impuissance.

Non seulement ma correspondance anonyme avec Fred avait été savoureuse, mais sa thérapie s'avérait de plus en plus passionnante. Approcher son passé difficile dans ses teintes d'origine m'avait bouleversée. Sous mes yeux, le grand méchant loup s'était transformé en agneau. Débarrassé des défenses adultes, des attaques et des pirouettes humoristiques, l'homme suffisant avait fondu en un petit garçon fébrile débordant d'émotions. L'attendrissement m'avait gagnée et mon envie de le consoler n'était pas gênante : je pouvais le faire puisque j'étais sa psy.

Prend-on soin de l'autre pour se nourrir soi-même ? Comment canaliser son besoin de donner et d'être utile ? Existe-t-on vraiment sans ce rôle auprès d'autrui ? Pokerfaith ne comblait pas seulement mon vide sentimental, il suturait d'anciennes blessures. L'impression d'être sans valeur, la déconvenue d'émois passés. Une répétition malheureuse, un échec encore béant : Swan.

En dépit de tout ce que j'exécrais chez lui, je lui revenais toujours. Une alchimie presque insoutenable nous liait. L'attrait ressenti condamnait d'autres envies et m'empêchait d'envisager différemment ma vie. Piégée dans une boucle infernale, je ne cessais de l'aimer malgré ses absences répétées. Mon corps entretenait son souvenir, persuadé qu'il trouverait grâce sous peu.

Comment ai-je pu tomber amoureuse d'un homme en pointillés ? Mise à part la répétition de mon schéma d'abandon, j'y étais réellement attachée. Sa personnalité construite sur un drame et des originalités me fascinait. Parmi les centaines de patients rencontrés au cabinet de consultation, rares sont ceux qui ont approché sa complexité, son mystère.

Il se promenait la nuit, vouant un culte démesuré à l'obscurité. Selon lui, tout était possible à l'ombre du monde. Il parcourait les cinq kilomètres qui séparaient nos deux adresses et sifflait longuement en glissant quatre doigts entre ses lèvres. Ce son qui m'exhortait à le rejoindre m'animait à la seconde où je l'entendais. Encore éveillée ou tirée du sommeil, j'enfilais mes vêtements, j'attrapais mon manteau et je dévalais les escaliers. Parfois, j'attendais ce coup de sifflet depuis plusieurs mois. Le départ d'une course contre la montre. Nous marchions une heure ou deux avant de nous installer dans un bar de nuit près de la place de la Bastille. Puis nous rentrions chez moi pour nous fondre l'un en l'autre.

Je ne suis allée chez lui qu'une seule fois. Au numéro douze de la rue Monsieur le Prince, je découvris tout un univers. Une grande pièce tenait lieu de salon et de chambre. Des bureaux et des planches en bois soutenues par des tréteaux s'appuyaient sans discontinuer contre les murs, fenêtre ou pas. Des chaises dépareillées trouvaient refuge sous ces plans de travail jonchés de pièces électroniques et d'unités centrales d'ordinateurs décortiquées.

Un lit à baldaquin trônait au centre de la pièce. Une fois allongés dedans, Swan avait tiré sur deux cordes tressées qui retenaient les rideaux. L'ambiance enfantine suscitée par cette cabane avait fait luire ses yeux sans les plisser. Ce soir-là, il m'avait fait l'amour tendrement et sans un mot.

Quel que soit le temps, il portait toujours les mêmes vêtements. J'imaginais qu'il ne transpirait jamais ou que l'odeur vanillée qu'il dégageait le dispensait de changer de tenue. Cette énigme épaississait le rang des secrets qu'il renfermait. Chez lui, j'avais découvert le contenu de son dressing avec stupéfaction. Par dizaines, des pantalons bleu nuit, des polos gris au col rayé et des gilets noirs aux boutons dorés étaient alignés. Sa fameuse tenue quotidienne démultipliée.

La salle de bains m'avait également révélé que son odeur enivrante n'était autre qu'un parfum Jean-Paul Gaultier en édition limitée. Il avait décidé de le porter à vie, le jugeant en parfaite communion avec lui. Les placards du grand meuble ouverts, cinquante boîtes de ce même parfum attendaient leur tour, sagement empilées sur deux étagères. À l'époque, Swan avait dévalisé les stocks de trois parfumeries parisiennes de peur que le produit convoité ne disparaisse.

Cet immobilisme malgré le défilé des jours le rassurait ; son histoire lui avait inculqué que tout était éphémère.

Swan avait grandi dans le nord de la France, dans une bourgade proche de Lille. Enfant atypique, il s'intéressait aux mécanismes de n'importe quelle machine. Il démontait aspirateur, téléphone, robots Thermomix, radio, magnétoscope... Sa passion pour l'électronique et l'imbrication de pièces fit de lui un réparateur hors pair. Il s'engoua également pour le mystère du tube cathodique. Comment une image mouvante pouvait-elle apparaître dans une boîte inanimée ? À la deuxième télévision démontée, ses parents l'en privèrent tout à fait.

Inquiets de cet intérêt inhabituel pour son âge, ils prirent rendez-vous avec un pédopsychiatre. Ce dernier leur dévoila après plusieurs séances que leur fils était surdoué. Sa façon de penser demeurerait différente tout au long de sa vie et le laisser vivre ses passions — aussi saugrenues soient-elles — restait le mieux à faire. Libéré de toute contrainte, Swan s'appliqua à étudier les ondes électromagnétiques et radiophoniques, puis la physique quantique. Tout ce qui existait sans être visible.

Malgré ce côté solitaire, Swan se lia à deux garçons dès la classe de maternelle. Ils formèrent rapidement un trio inséparable. Enfants, ils jouèrent dans la même équipe de foot et à l'adolescence, ils traversèrent la France à vélo pendant tout un été. Une nuit, ivres et en cercle autour d'un feu de camp, ils scellèrent un pacte. Ils n'auraient pas de petite-amie avant leurs dix-huit ans. Ils tinrent parole trois années, ignorant les tentations et les occasions ratées, effrayés à l'idée qu'une fille les sépare. Le premier à atteindre la majorité prolongea même sa promesse par solidarité, suivi du deuxième. Swan les rejoignit enfin dans le monde adulte, rompant leur pacte d'abstinence.

Pour fêter leur majorité méritée, le trio organisa une sortie en boîte de nuit à Lille. Chacun y embrassa une fille et y toucha des fesses pour la première fois. Hilares, ils comparaient leurs impressions en buvant toujours plus. Ils se firent raccompagner à la sortie par des vigiles après le strip-tease improvisé de l'un d'eux. De toute façon, la boîte fermait. Sans réfléchir à son état d'ivresse, l'aîné des trois amis prit le volant, son permis obtenu six mois auparavant. La musique à plein volume, il s'élança sur la route au volant de la Clio parentale.

Seul Swan survécut.

*

Nous avions l'habitude de dîner tardivement dans un bar à burgers qui fermait à deux heures, proche du port de l'Arsenal. Nous demandions un supplément de bleu sur les frites et nous choisissions une bière parmi les trente proposées. Nous options souvent pour la *Bête*, une bière ambrée de chez lui au goût malte et épicé. Avant de commencer la dégustation, Swan heurtait le comptoir de son verre et trinquait à Hugo et Mika. Son ton brusque, sa posture et ses yeux troubles furent autant de raisons de me retenir de l'interroger sur ce rituel.

Un soir, le regard fixé sur la mousse débordant de sa troisième pinte, il me raconta de lui-même toute l'histoire. Quand il conclut sur le bruit fracassant entendu en perdant connaissance, sa boisson était claire et ses yeux encombrés de larmes. Je ne sus que répondre. Il murmura :

— Je vais rentrer.

Je le regardai enfiler son blouson — toujours le même — et poser un billet sur le comptoir avant de quitter les lieux.

*

Swan avait les yeux gris comme un mur impénétrable. Il prétendait que le malheur les lui avait lessivés l'année de ses dix-huit ans. J'avais souri à cette triste fable sans prévoir qu'il ne m'apporte la preuve de ses dires. Sur les photos le représentant à l'adolescence, le bleu éclatant de ses yeux détonnait. De fines rides prolongeaient son regard, celles qui signent une vie épanouie. Elles avaient dû se rétracter avec les années, car quand je l'ai connu, il en était dépourvu.

Deux lignes se partageaient son front. L'une séparait ses sourcils d'une faille verticale qui lui donnait l'air contrarié. Horizontale, l'autre creusait profondément sa peau comme une balafre. Les deux croisaient l'épée à la racine d'une abondante chevelure noire qui contrastait avec sa peau blanche. Son teint livide lui donnait l'apparence d'un enfant malade privé de vacances.

Ses lèvres épaisses affichaient une moue permanente. Elles semblaient menacer de vibrer de lassitude à tout instant. Quand il fumait, elles encerclaient la cigarette entre leurs coussins moelleux et une jalousie absurde s'emparait de moi. Mon corps s'emplissait d'une chaleur me rappelant la violence de ma passion.

Il fumait cigarette tournée vers l'intérieur de sa paume, serrée entre le pouce, l'index et le majeur. Dans l'obscurité des passages parisiens, le foyer éclairait l'intérieur de sa paume et ses doigts recourbés. Il aspirait la fumée les yeux fermés et le visage reposé ; la cigarette semblait le regonfler d'un espoir. Quand il l'envoyait sèchement au sol non terminée, c'était pour s'emparer de moi.

En pleine ruelle, il attrapait son polo de ses mains projetées dans son dos. Il basculait ses vêtements par-dessus sa tête et les jetait sur le trottoir. Je m'occupais des miens, les pendant au heurtoir de la porte cochère choisie pour cette pause licencieuse. Le souffle court, il me susurrait à l'oreille ce qu'il s'apprêtait à me faire. Mon visage trouvait refuge contre son torse alors qu'il me soulevait de terre, attrapant mes fesses. Je caressais de ma joue son biceps tendu par l'effort. Sur sa peau à la douceur incomparable, rien ne poussait, pas un poil ni un grain de beauté. Cernée par son odeur, je me laissais aller à un plaisir étouffé par la bienséance.

Nous reprenions notre route une fois rassasiés l'un de l'autre. Il allumait une cigarette et cette fois, je tirais dessus. J'aimais prolonger le goût du tabac qu'il me laissait en bouche. La tête me tournait et je m'accrochais à son bras. Nous déambulions au gré de nos envies, explorant des rues pavées, des quartiers entiers et des sujets philosophiques dans lesquels nous glissions certaines préoccupations intimes.

Swan parlait peu de ses ressentis, mais quand il s'y aventurait, nos discussions atteignaient une grande profondeur. Avec une dose suffisante d'alcool, il évoquait son sentiment d'être brisé, maudit, à moitié mort, imperméable à la beauté du monde, damné et condamné à une vie de surface. Frelatées, ses expériences le laissaient indifférent. Rien n'avait de réelle importance si bien qu'il s'attachait à peu de choses et que peu de choses l'impactaient. Que pouvait-il vivre de plus marquant que la suspension de sa propre vie ?

J'avais diagnostiqué un syndrome de stress post-traumatique chronique. Il était resté dissocié après son accident, enclavant ses émotions dans un coin reculé de sa conscience, sans qu'elles n'affectent son corps. Rudes pour un autre, elles lui piquetaient à peine les sens ou l'esprit. Il percevait tout à distance, coincé dans un monde fait d'observations et de commentaires. Il n'éprouvait de sensations fortes qu'en bravant l'interdit pour réaliser des scénarios osés.

Évidemment, il activait chez moi l'envie de le sauver : tout bon psy s'y serait attelé. L'injustice qui l'avait frappé si tôt m'était insupportable. Chaque jour, je pensais à lui et à son histoire. Mon imagination se perdait en scènes le représentant après la perte de ses amis, fantôme errant au cœur éclaté. Je réfléchissais à un programme thérapeutique pour le guérir et à la meilleure façon de le rendre heureux.

Comment lui renvoyer la réalité en couleurs inversées, lui apporter la chaleur qui l'éloignerait de la mort ? Je voulais lui faire plaisir, enchanter ses papilles, l'emmener en mer, lui dévoiler des paysages à couper le souffle, le transpercer de sentiments brûlants et le hisser vers le bonheur. Même s'il me fallait des années, je voulais lui transmettre mon émerveillement devant le simple fait d'exister.

Cette attitude se nomme en psychologie « le syndrome du sauveur ». Toujours s'attacher à soigner l'autre, s'attribuer la responsabilité de son bien-être, de sa survie et s'évertuer à le sortir des encombres. De par leur métier, les soignants sont plus susceptibles d'adopter cette posture envers ceux qui suscitent leur empathie.

Bien sûr, ce rôle me venait de l'enfance. Il contribuait à la répétition de mon schéma précoce inadapté. Je désirais sauver une personne souffrant de troubles psychiques et je m'exposais de nouveau à un attachement instable. Du fait de ses absences répétées, Swan fit naître en moi une dévotion irrationnelle. Sans le vécu d'un lien déchiré à ma mère, j'aurais été moins sensible à cet amour destructeur.

J'aurais pu consulter un psychothérapeute pour me libérer de ce piège, mais à l'époque, j'ai foncé aveuglément vers la passion. J'ai sauté dans cette histoire à pieds joints, les poings liés. J'expérimentais avec Swan des sensations inédites, la lévitation des tripes. Il était mon compagnon de déraison, mon amant sulfureux, lui seul pouvait assaisonner mon cœur de la sorte. Quand j'avais la chance de me réveiller à ses côtés, je passais des heures à l'observer dormir, mien comme jamais. Je recueillais chaque gémissement, chaque bruissement des draps. Je me retenais de gigoter et d'aller aux toilettes, j'osais à peine effleurer son visage de peur de le réveiller. Une fois ses yeux ouverts, le temps était compté. Une douche, un café à la main, une cigarette à la fenêtre, une rapide embrassade et un au revoir ou un adieu, je ne savais jamais.

Grâce à mes études, je relativise aujourd'hui cet attachement. Je n'aurais jamais songé que ma folie amoureuse puisse découler d'une position infantile réactualisée. Les papillons qui saupoudraient mon ventre n'étaient autres que la crainte que ma mère ne m'embarque dans une situation risquée. Je restais l'enfant psychologiquement tiraillée, les sentiments hérissés en sentinelle pour protéger l'adulte malade. Je créais à moi seule une large partie du miracle amoureux, et Swan apportait l'autre avec brio.

Une nuit, alors que nous rentrions de notre bar habituel, il insista pour prendre l'ascenseur. Je ne l'avais utilisé qu'à mon emménagement, trop habituée à profiter de la montée des marches pour me dépenser. Dans la cabine en mouvement, Swan détacha le panneau électrique et arracha l'un des fils. L'ascenseur s'arrêta net entre deux étages, m'extirpant un cri. Je m'apprêtais à enfoncer le bouton d'alerte quand ma main fut saisie et plaquée contre la paroi.

Baisers et morsures se succédèrent dans mon cou, encouragés par mes glapissements. Swan déchira ma robe pour laisser s'échapper mes seins du décolleté. Attrapant mes cuisses, il me souleva et me fit l'amour debout contre la paroi. Le risque que la cabine tremblante se détache décuplait son excitation. Je simulai quant à moi l'orgasme pour accélérer l'issue de notre ébat, trop apeurée à l'idée de mourir. Une fois chez moi, je lui avouai ma tromperie et il acheva de déchirer ma robe. La main agrippant fermement ma mâchoire, il feignit la rancœur, grognant entre ses dents : « N'essaye pas de faire semblant cette fois, je vais te faire jouir comme jamais ».

Certains envient la passion, aspirant à une histoire qui leur transpercerait le cœur et leur saperait la respiration. L'ubiquité de la pensée de l'autre, notre corps qui ne nous appartient plus tant il lui revient. Mais quand on l'a vécu une fois, on souhaite ne plus jamais l'éprouver. Je l'évite à tout prix. Dès qu'un début de relation fulgurant pointe le bout de son nez, je m'efforce de fuir, même si l'homme rencontré me plaît. Surtout s'il me plaît. Comment un amour carnivore peut-il être enviable ? Mieux vaut un attachement plat et sûr qu'une envie dévorante vouée à la destruction.

Aujourd'hui encore, il m'arrive de sursauter en pleine nuit, pensant avoir entendu le sifflement sorti d'entre les lèvres de Swan. Je me précipite à la fenêtre, mais la rue est vide et je me recouche, torturée par ma réaction et d'anciens souvenirs.

Séance huit

J'étais sûre que Monsieur Guerrand rappellerait. Notre lien m'apparaissait solide et nécessaire. Néanmoins, je comprenais qu'il lui faille du temps pour digérer l'exercice de *rescripting* du souvenir. Aussi les jours ont-ils défilé sans accroc. Timide en début d'été, le soleil a soudain éclaté au visage des Parisiens, faisant oublier son retard et la morosité d'un ciel nuageux. Mon anniversaire est arrivé le 26 juillet, trente ans d'existence à fêter.

J'ai reçu par la poste une Carte Week-end pour prendre le train à tarif réduit, accompagnée d'un mot de mon père : « Bon anniversaire, ma fille. Viens me voir quand tu veux, qu'on se prenne des paquets de mer en pleine poire ! On s'enfilera une *Lager* à Jersey. Lot of love ». Ces derniers mots m'ont laissée stupéfaite, lui qui nous empoignait les cheveux pour toute marque d'affection.

Un mail de ma mère m'est parvenu trois jours après : « Joie yeux âne n'hiver sert, Loup ». En pièce jointe, une photo floue d'une barre de nougat dans laquelle elle avait croqué.

J'ai examiné ma vie cette semaine-là, armée de mes trente ans. L'enfance sassée, j'ai réalisé comme on trébuche que je m'en étais bien sortie. Avant, la simple idée de « réussir » me renvoyait aux zones d'ombre nuançant mon quotidien : la relation à ma mère effilochée avec les années si bien qu'aujourd'hui, je ne sais plus qui elle est ; mon frère dont la voix enthousiaste enchaîne des termes incompréhensibles au téléphone ; mon désir amoureux sonnant creux.

Puis, formé par l'écriture ronde de Noémie, « Frédéric Guerrand » est apparu dans mon agenda au secrétariat. Il avait pris un rendez-vous le 8 août à dix-neuf heures. Le soulagement a soulevé les pointes de mon sourire.

*

Ses yeux dans les miens, Monsieur Guerrand me salue avec considération. Sa poignée de main est ferme, comme appuyée. Il s'assoit lentement dans mon bureau et me scrute avec un respect sans précédent. Il attend en silence que l'entretien démarre. Il est vêtu avec soin tout en ayant négligé certains détails : un seul pan de sa chemise est rentré dans son pantalon et ses cheveux précédemment coiffés se sont dégagés de la direction donnée par le peigne. Sur la partie basse de sa joue droite, une fine bande de barbe a échappé au rasage.

Muet, presque gêné, Monsieur Guerrand me fait penser à un adolescent lors d'un premier rendez-vous. Nous entamons une phrase au même moment avant de nous raviser. Nous nous sourions. Je répète :

— Comment allez-vous ?

— Depuis notre dernière séance, je me sens différent. J'ai l'impression d'être une machine défectueuse. Parfois, mes émotions forment une tempête de sable, les grains se glissent dans les rouages et paralysent l'ensemble du système. D'autres fois, je retrouve ma distance cynique, ce filtre qui me préserve de tout.

— Votre système émotionnel se rééquilibre, c'est normal. Nous l'avons secoué la dernière fois avec l'exercice.

— J'ai rêvé plusieurs fois de mon père cette semaine. Pourtant, il est parti tôt et je conserve très peu de souvenirs de lui ; celui que je vous ai raconté la dernière fois est le plus précis.

— Quel était le contenu de vos rêves ?

— Tous m'attribuaient le rôle de protecteur de la famille. Soit j'échouais à défendre ma mère ou mon frère, soit je leur épargnais les coups en y laissant la vie.

— Vous en rappelez-vous précisément ?

Il me rapporte plusieurs rêves dont le plus intéressant est le suivant :

— Je me trouvais encore dans le salon de l'appartement où j'ai grandi. J'avais un deuxième frère beaucoup plus jeune qui se tenait devant mon père. Je le voyais se faire frapper et je savais que son cerveau se détériorait. Entre nous, il y avait une sorte de passoire géante encastrée dans les murs qui m'empêchait d'accéder à lui. Je le dévisageais, impuissant, imaginant ses neurones sauter un à un. Il me regardait lui aussi, mais il ne manifestait aucune douleur, son regard était serein. Je me suis réveillé en sueur. Ce rêve m'a perturbé bien plus que les cauchemars où je mourrais. Le calme de mon soi-disant frère devant la maltraitance, son indifférence face à la dégradation de son propre cerveau, et moi qui observais la scène comme un voyeuriste… C'était atroce !

Son corps tressaute comme parcouru d'un frisson. Quelques instants, je laisse sa respiration hachée s'apaiser. Je propose :

— Réfléchissons un peu à la signification de tout ça. Dans les rêves, un personnage peut être quelqu'un d'autre ou une partie de nous-mêmes. À votre avis, qui est votre deuxième frère ?

Après un court silence, il ricane doucement.

— Je vois où vous voulez en venir. C'est moi, c'est ça ?

Je hausse les épaules. Il s'interroge à voix haute en détachant les mots :

— Si l'enfant en moi sait qu'il s'en sortira, pourquoi crierait-il ? Le calme de mon deuxième frère me paniquait dans le rêve, mais au contraire, il devrait me rassurer. La dernière séance aurait-elle transformé l'horreur en force ?

Je complète :

— Vous avez pris conscience de votre résilience et de vos défenses adultes face à la violence subie. Mais vous avez aussi réalisé toute la souffrance endurée, puisque le cerveau du jeune frère, de l'enfant que vous étiez, s'abîmait. Cette souffrance avait-elle été refoulée jusqu'à présent ?

Il grimace.

— Ça va un peu vite pour moi. Je n'ai pas l'habitude de songer à ma vie. Depuis que Storie a fourré son nez dans mes sentiments, je ne cesse de me remettre en question. Je souffre comme jamais !

— Cela peut être une chance de mieux vous connaître.

— Vous, les psys…

Le dégoût qu'il affiche m'indique que l'alliance thérapeutique n'est pas encore établie.

— Vous relativisez tout comme si c'était facile ! Vous voyez défiler la détresse à longueur de journée et vous n'en prenez plus la mesure !

Un vif agacement surgit en moi. Maintenant que Monsieur Frédéric Guerrand va mal, il faudrait que le monde se retourne ? A-t-il lui-même mesuré le désespoir de ses victimes quand il jouait au chasseur ? Ravalant mon irritation, j'explique :

— Pour la plupart des gens, un chagrin d'amour est un passage obligatoire de la vie. On a donc tendance à le banaliser, vous avez raison. Je constate votre mal-être depuis plusieurs séances et je réalise à quel point il vous bouleverse, mais je ne perds pas de vue l'objectif thérapeutique de nos rencontres : vous aider. Seulement, quand j'essaye de vous amener à travailler sur votre douleur actuelle, vous vous braquez.

Il confie sans répondre à mon observation :

— Petit, mon père me reprochait de pleurer. Quand il me battait, il gueulait : « Encaisse ! » J'avais peur et je tremblais comme une feuille. J'aurais tellement aimé ne rien montrer, ne pas lui donner cette satisfaction, être plus fort que lui et que ses coups. Mais non : je chialais comme une gamine. Alors je me suis mis à tout détester — y compris moi-même — et jusqu'à peu, les relations avec mes semblables n'étaient pour moi qu'un pâle divertissement. Personne n'avait réussi à changer ma vision de l'être humain. Seule Storie y est parvenue.

— Qu'avait-elle de si particulier pour transformer votre ressentiment en amour ?

Il plisse les yeux.

— Seriez-vous jalouse ?

Un rire défensif me secoue. A-t-il raison ? Ma question était-elle judicieuse ? Ai-je envie qu'il couvre d'éloges mon double virtuel ? Écartant ces questions, je me concentre sur la redéfinition du cadre thérapeutique :

— Êtes-vous là pour me déstabiliser ou pour réfléchir à votre fonctionnement ? Nous avions convenu que vous respecteriez le cadre pour que je tente de vous aider. Je pense avoir tenu parole. De votre côté, vous semblez plus sincère et impliqué. Vous faites de grands progrès, ne nous arrêtons pas là !

— Vous avez raison. Désolé.

— Revenons sur votre crainte de vous montrer faible face à votre père. Avez-vous toujours cette peur dans vos relations actuelles ?

— Bonne question... Oui, c'est sûr.

— À quoi vous sert-elle ?

— À me protéger des autres, de ce qui m'arrive aujourd'hui.

— Peut-on vivre en se protégeant toujours ? N'êtes-vous pas arrivé à une relation épanouissante en vous ouvrant à Storie ? Était-elle unique ou est-ce votre comportement qui l'a été ?

— Vous confondez tout. Elle m'a donné envie de m'ouvrir, elle a su m'apprivoiser, elle m'a donné confiance.

Après m'avoir rappelé la singularité de leur lien, il conclut :

— C'est grâce à elle si j'ai pu faire tomber le masque.

— Que se passerait-il si vous faisiez tomber le masque plus souvent ?

— Je me ferais attaquer, je souffrirais de relations décevantes, je serais la proie et non plus le chasseur ! La séduction est une guerre qu'il faut gagner et je préfère dominer qu'être dominé.

— Dites-moi si je me trompe, mais vous appliquez ici la défense que vous vous êtes fabriquée dans l'enfance. Vous souhaitiez être celui qui ne pleure pas, qui ne baisse pas les yeux et qui reçoit les coups avec stoïcisme. Vous avez développé ce fantasme pour résister aux violences paternelles, pour croire qu'une autre issue que la douleur était possible. Enfant, on construit tous des défenses pour se protéger du monde. L'ennui est de les conserver à travers les années alors qu'elles ne sont plus adaptées. Adulte, on a moins besoin de se préserver de situations terrifiantes dans lesquelles on reste passif. Vous continuez pourtant à vous protéger d'autrui et cela vous mène à cet ennui que vous décriviez, cette haine non fondée de l'être humain.

Mon argumentaire m'a tant tenu à cœur que je termine ma phrase à bout de souffle. Monsieur Guerrand semble considérer mes propos durant le silence qui suit.

— Ces défenses viennent d'elles-mêmes. Je ne saurais comment en changer.

— Vous êtes en train d'en changer ! Cela prend un peu de temps. Votre échange avec Storie a amorcé un épanouissement, une autre vision de vos pairs. Malheureusement, la fin désagréable de ce partage vous a conduit à penser qu'un tel changement était vain alors que c'est tout l'inverse ! Vous avez éprouvé de l'amour, de l'intérêt, de la bienveillance, c'est ce que vous recherchiez !

Fais-je preuve de mauvaise foi ? La douleur que Storie a infligée à Fred peut-elle être valorisée ? Il soupire :

— Vous avez sûrement raison... D'ailleurs, j'ai une image en tête.

Il se tourne vers l'affiche détaillée lors de sa première séance.

— Pour le moment, je naviguais toutes voiles dehors, mais sans vent et sans boussole, sans savoir où j'allais.

Je complète, un sourire aux lèvres :

— Maintenant, vous avez un cap.

— Certes, mais la carte des fonds marins est illisible. J'ai peur de m'échouer.

— Préférez-vous rester toutes voiles battantes au même endroit et en sécurité ou essayer de vous servir d'un souffle nouveau pour avancer, même si la destination est encore incertaine ?

Mes dires se superposent aux siens, il y a quelques mois de ça. Faut-il préférer une armure lourde et sûre ou légère et faillible ? Grâce à cette métaphore bien choisie, il m'incitait à me montrer sans fard. Aujourd'hui, je verbalise son dilemme et je l'observe y réagir. Comment ai-je pu retourner la situation ainsi ? Mes joues s'empourprent légèrement.

Le regard amusé, il me lance :

— Suis-je un pirate ou un marin d'eau douce, c'est ce que vous me demandez ?

Je ris de façon exagérée. Il me dévisage, reprenant son sérieux.

— C'est drôle, vous réagissez rarement comme prévu.

Je l'interroge du regard. Il explique :

— Vous ne vous laissez pas impressionner, vous tombez peu dans les pièges que je vous tends et vous pointez mes incohérences sans relâche.

Cette fois, la gêne me colore franchement les joues. Il sourit.

— Pardon si je vous embarrasse, mais je dois l'avouer : vous m'aidez. Même si vous me heurtez parfois et que je me renfrogne sur le moment, je retiens vos paroles. Certaines phrases judicieuses cheminent dans mon esprit d'une semaine sur l'autre. Moi qui pensais tomber sur une psy dépassée aux cheveux blancs ébouriffés ! J'aurais joué au fiston éploré et deux séances auraient suffi pour obtenir ce que je voulais.

Les yeux en fente, j'articule :

— C'est-à-dire ?

— Rien de méchant : un certificat en faveur du prolongement de mon arrêt maladie, utile en cas de procès aux Prud'hommes.

Je me redresse sur mon siège, feignant d'être offensée.

— Vous avez consulté pour réclamer une attestation ?

— Je n'avais jamais vu votre photo.

Ignorant comment réagir à sa réplique, je garde une expression indignée. Son regard évite le mien.

— Quand je vous ai vue, jeune, belle et inaltérable, j'ai voulu vous séduire. Mais vous n'avez pas joué à mon jeu, vous demeuriez professionnelle. Impressionné, je suis revenu par curiosité... et par défi : je n'admettais pas votre résistance. J'ai l'habitude de déstabiliser les femmes plus ou moins facilement. Chez vous, rien ne faiblissait malgré mes piques ou mes touches d'humour. J'ai compris après différentes stratégies que vous resteriez de marbre. Quant à mon attestation, ce n'était même pas la peine d'essayer, alors j'ai claqué la porte.

— En me faisant penser que j'étais fautive ? En m'envoyant au visage des paroles blessantes ?

Surpris de ma rancœur, il bredouille :

— Je ne pouvais pas répondre autrement, avant. Votre présence aujourd'hui et le soutien que vous m'apportez m'émeuvent beaucoup.

Tandis que nous digérons en silence nos réactions respectives, il lance avec ironie :

— Entre vous et Storie, les femmes m'auront épaté, ces derniers mois !

Je déglutis difficilement. Ce rapprochement m'emmène vers un terrain glissant. Mon regard se pose sur le réveil dans un réflexe de protection.

— Fred, notre séance est terminée.

Il consulte sa montre et sursaute.

— On a même dépassé l'heure !

— C'est à moi de vous arrêter quand il convient. Jeudi est férié la semaine prochaine, mais je serai présente. On peut fixer un rendez-vous dans l'après-midi, à dix-sept heures trente ?

— C'est noté.

Nous nous levons d'un même mouvement pour nous serrer la main.

— À bientôt, Madame Fauris, et merci.

Son « Madame Fauris » n'est pas méprisant, il est au contraire affable et respectueux. Je me retiens de répondre : « Merci à vous ».

Souvenirs quatorze

En quatrième année, nous avions des cours sur la théorie psychanalytique. Penser l'individu de façon psychodynamique consiste à s'interroger sur la nature de l'angoisse pour situer la personne en termes d'adaptation à la réalité. Notre professeur vouait à Freud un culte quasi pathologique. Nous apprenions que l'absence de phallus conduisait la petite fille à un manque irrémédiable et que le petit garçon subissant l'angoisse de castration acceptait la loi de l'interdit pour sauver son pénis. L'enseignant nuançait parfois son propos. Ainsi l'angoisse de castration n'était-elle pas réservée aux hommes, puisque la peur de la perte pouvait affecter la petite fille craignant de perdre sa place de favorite, et donc l'amour de la mère.

L'examen approchant, nous avions tous révisé avec zèle le moi-peau, le narcissisme primaire, le clivage de l'objet et le stade anal. Mais le sujet proposé réussit à déconcerter la totalité de notre classe, élèves prédisposés au parcours clinique comme au parcours psychopathologique. Sur chaque table de la salle d'examen se trouvait une feuille agrémentée d'un court paragraphe que nous lûmes, les yeux ronds.

> *Je suis dans une forêt sombre et je fuis pour échapper à un dinosaure. Il me poursuit tandis que je détale entre les troncs d'arbres. Alors qu'il se rapproche, j'aperçois un amas rocheux vers lequel je me dirige. Je rentre dans une grotte juste avant que les dents du dinosaure ne se*

referment. Question : Comment interpréteriez-vous le rêve de cette patiente ?

Nous avions deux heures pour disséquer ces quelques lignes. Après un temps d'échange de regards sceptiques, nous nous penchâmes sur nos feuilles de brouillon jaunes, roses ou bleues. Je me concentrai pour ma part sur une approche pragmatique du rêve. Selon moi, l'instinct de survie de la patiente avait été activé lors d'une situation critique. Son cerveau reptilien — le dinosaure — lui indiquait qu'elle devait se protéger — la grotte. Ces réflexes d'hommes préhistoriques lui rappelaient qu'elle appartenait à une humanité rassurante. La civilisation — l'abri — s'opposait aux pulsions animales — le prédateur affamé.

La diversité des réponses de ma promotion fut spectaculaire. Sur les soixante élèves qu'elle comportait, pas un n'analysa ce rêve de la même manière malgré des idées similaires. La forêt était le symbole de l'inconscient ou des poils pubiens — Freud n'appelait-il pas la sexualité féminine le « continent noir » ? Les troncs représentaient la verge ou les barreaux de la prison névrotique et la grotte s'apparentait aussi bien au vagin qu'à la mort.

Une de mes amies notifia que la patiente souhaitait renoncer au sexe — le dinosaure n'a-t-il pas une queue ? – pour retourner dans le ventre de sa mère. L'hypothèse d'une autre fut que cette femme souhaitait échapper au père autoritaire et incestueux. Une troisième proposa qu'entrer dans la grotte signifiait combler la mère pour compenser son manque de pénis. Enfin, une dernière affirma que, chez cette femme — probablement en crise suicidaire — les pulsions de vie et de mort s'affrontaient.

Je ne me souviens plus de la note obtenue, mais de mon souhait renforcé d'intégrer un Master enseignant les thérapies cognitives et comportementales. Ancrées dans l'action, ces dernières me correspondaient mieux, me permettant d'observer le résultat d'exercices concrets avec les patients.

À l'époque malheureusement, nos professeurs de psychopathologie, peu aidés par leur âge avancé, négligèrent les apports de la psychanalyse moderne. J'approfondis ma formation par des lectures, et la finesse de certains psychanalystes m'inspira un grand respect. Deux d'entre eux me marquèrent, car ils conceptualisaient certaines de mes problématiques.

L'*énaction* — la sensation d'un désir d'action dans le corps sans pourtant passer à l'acte — de Lebovici me permit de faire confiance à mes intuitions, puis de trier mes envies d'interventions en séances. Chez Ajuriaguerra, le repositionnement de la motricité de l'individu dans l'action entreprise, l'intention, le contexte et le rapport aux milieux physique et social m'aida à relativiser mon hyperactivité.

En dernière année d'études, ce furent néanmoins les thérapies familiales systémiques qui me passionnèrent le plus. Avide de ce courant libre et surprenant, je m'inscrivis au congrès de l'APRTF pour m'abreuver de l'expérience de Maurizio Andolfi.

Dans l'amphithéâtre de la Maison de la Chimie, le silence régnait alors que les séances du thérapeute italien étaient diffusées sur grand écran. Les questions posées aux enfants des familles qu'il suivait m'apparaissaient aussi décalées que pertinentes : « Faudrait-il un mouchoir normal ou une grande serviette éponge pour absorber les larmes de maman ? », « Même à Berlin, on a réussi à détruire un mur. À ton avis, celui qui se dresse entre papa et maman pourrait-il être abattu ? »

Andolfi expliqua que les enfants exprimaient en une phrase ce que les parents dissimulaient de longues minutes. Il préconisa : « Pour savoir de quoi souffre une famille, interrogez le cadet ! » Il nous rappela que le mal-être du « sujet porteur du symptôme » devait être replacé dans un cadre plus large. Dans ses séances, il questionnait les membres des familles sur leurs ancêtres. « Le cimetière est le meilleur des co-thérapeutes ! » commenta-t-il gaiement.

Un temps d'échange avec le psychiatre émérite était prévu à la fin de la conférence. Je levai la main avant tout le monde. Depuis le début de la journée, une question me brûlait les lèvres. Je saisis le micro qu'on me tendait.

— Bonjour et merci pour tous vos conseils. Ma question peut être indiscrète, mais dans les vidéos, vous vous balancez de gauche à droite, les mains sous le bureau. Je me demandais simplement pourquoi.

Maurizio Andolfi éclata d'un rire mélodieux.

— Excellente question ! Vous avez l'œil ! En fait, je joue avec un *Slinky*.

Il sortit de son sac un ressort multicolore en plastique qu'il fit passer d'une main à l'autre.

— C'est très important que le thérapeute ait un jouet ou quelque chose qui l'aide à conserver son intégrité, car les familles ont tendance à le happer dans leur fonctionnement. Ce jouet m'aide à rester moi-même !

Il m'envoya un sourire chaleureux qui acheva de me rassurer. La psychologie me captivait, mais je doutais de ma capacité à gérer mon impatience face aux patients. En stage à l'hôpital psychiatrique, certains de mes interlocuteurs bavaient plus qu'ils ne parlaient ou articulaient les mots avec une lenteur abominable. J'avais beau me répéter qu'ils n'y pouvaient rien, l'envie de me lever pour sortir du bureau crépitait en moi.

J'achetai dès le lendemain de la conférence un *stepper* ultra-silencieux, que je plaçai sous mon bureau durant ma journée de consultations. Ce « jouet » participa à calmer mon impulsivité ou mon énervement lors de séances difficiles. Le fait qu'il repose aujourd'hui dans un meuble au centre de consultation n'entrave pas mes pensées affectueuses pour Maurizio Andolfi. Il reste le héros qui m'autorisa à conserver une certaine agitation tout en exerçant le métier de psychologue.

Séance neuf

Les progrès des pervers sont très rares. En général, leur fonctionnement persiste depuis trop longtemps et leur offre trop de bénéfices pour qu'ils désirent en changer. J'ai la chance d'observer ce phénomène pour la première fois dans l'une de mes thérapies. D'un prédateur redoutable, mon patient s'est transformé en un homme sensible. La sincérité dont Fred a fait preuve a provoqué un changement radical.

Nous ne savons jamais si le patient évolue grâce au travail thérapeutique, à ses proches, à des événements extérieurs ou à d'autres facteurs. Nous investissons parfois énormément d'énergie dans la thérapie pour entendre le patient louer son travail, ses amis, sa famille ou un autre praticien. Mais en cours de thérapie, s'il tombe amoureux, nous sommes sûrs d'être relégués au second plan. Aveuglé, il attribue tous ses progrès à une personne à peine entrée dans sa vie. Il en parle en long, en large, sans travers et nous l'écoutons énumérer les folles qualités de l'être exceptionnel qui lui a insufflé l'envie de changer.

Dans le cas de Fred, Storie et moi constituons les deux moteurs de sa surprenante avancée. Un double succès ! Ce résultat diffère de mon plan de départ, mais que voulais-je faire, après tout ? L'humilier, le faire tomber ? C'est chose faite : son cœur a volé en éclats. Je n'en tire aucune fierté. La honte de m'être laissée emporter par la colère et la rancune me suit comme ma propre odeur.

L'histoire avec Swan m'est revenue en plein visage avec une violence décuplée, renvoyée par ce patient cruel qui se félicitait des cœurs enfilés sur son épée. Dépassée par mon contre-tranfert, j'ai enfreint le code déontologique. Un double succès, disais-je ? J'ai débordé du cadre thérapeutique essentiel à ma pratique, cadre dont je rabâche les principes à mes patients. Aujourd'hui, j'éprouve de la compassion pour Fred. Comment pourrais-je ne pas en ressentir ? Il s'est exposé par ma faute à de vives émotions. Après l'avoir condamné à sa douloureuse condition, je mobiliserai toute mon énergie pour le soutenir.

Je ne ressens plus la tension conflictuelle qui régissait nos rapports ou la bourrasque séductrice du début de correspondance. Nous ne sommes plus à la recherche d'une tournure de phrase adéquate pour déstabiliser l'autre. Nous avons délaissé le jeu. Mon affection pour lui est profonde.

Nous rectifions tous deux nos schémas de vie. Il a trouvé une femme qui éveille son intérêt, son admiration et sa passion et je constate qu'il m'est attaché, autant dans le fantasme d'un amour incandescent que dans la réalité d'une relation thérapeutique. Il a le droit d'aimer et je mérite d'être aimée, quel synchronisme ! Serait-il une âme sœur ?

Quel repos ce doit être de se savoir en compagnie définitive, de chérir ce tendre murmure ! De poser ses valises, ses casseroles, tout le bazar accumulé avec les années, de défaire ses cartons et de jeter les emballages sans regret. D'ouvrir son corps, son être, d'arroser l'autre du flot des attentions qu'on pensait tari, de détailler ses souvenirs sans filtre et d'en façonner d'autres avec tant de plaisir qu'on croit exploser. Serrée contre un torse, récolter, au creux de l'oreille, ces soupirs qui traduisent le bonheur.

Je ne cesse de nous trouver des points communs malgré nos personnalités opposées. N'avons-nous pas souffert de carences affectives menant au même vide ? Ne sommes-nous pas des êtres particuliers, au milieu de ce cirque humain ? N'avons-nous pas une sensibilité similaire ? Je peux le guider sur le chemin de la résilience, professionnellement et personnellement.

Deux individus se séduisent dans le métro, en boîte de nuit, à un enterrement, à l'hôpital, lors d'un attentat, ils peuvent être médecin et infirmière ou cousins éloignés. Ils pourraient se jeter l'un sur l'autre sans un mot, leur histoire sera toujours préférable à celle d'un patient et sa psychologue. Nous nous efforçons de ne juger personne et nous sommes les premiers à souffrir du jugement d'autrui. Pourquoi deux personnes éclairées et consentantes ne pourraient-elles pas se lier, quel que soit le contexte de leur rencontre ? Pourquoi montrer du doigt ceux qui dépassent du moule ? Il faut bien laisser de la place aux « normaux », là-dedans.

La vie a-t-elle prévu, dans sa majestueuse arborescence, une mince possibilité pour que nous nous rapprochions encore ? Fred pourrait-il admirer les nuances d'un beau ciel, aimer les hommes et les femmes dans leurs faiblesses, s'autoriser à montrer les siennes sans peur, assumer son passé, envier son futur, savourer le présent sans être parasité par la haine ? Me verrais-je en couple avec lui ?

Je secoue vivement la tête pour éparpiller ces pensées interdites. Mon scénario fantaisiste est impossible et peu souhaitable. Je retomberais aux griffes d'un pervers manipulateur qui réactiverait mon schéma d'abandon.

Un homme avec ce passé pourrait se montrer violent, reproduire les maltraitances dont il a été le spectateur et la victime. Il risquerait de me tromper. Je finirais par découvrir qu'il consulte toujours des sites de rencontre et qu'il sue de plaisir sur d'autres corps. Il séduirait d'autres femmes, d'autres cœurs en cachette. Évidemment, il dénierait mes accusations avec force et j'aurais envie de le croire. Chacun a son histoire à ses trousses…

Comment être sûre qu'il a réellement changé ? Ne suis-je pas la mieux placée pour le savoir ? Sa psychologue, sa confidence, son repère. Sans plus de jeu de séduction entre nous, pourquoi mentirait-il ?

Je fais taire mes pensées à dix-sept heures trente précises pour me diriger vers la salle d'attente. Comme lors de nos premières séances, Fred a soigné son apparence. Il porte une chemise bordeaux sous un gilet gris. La couleur rouge sombre fait ressortir ses yeux bruns qui semblent plus clairs aujourd'hui, ambrés. Son bras gauche est replié derrière son dos. Après m'avoir serré la main, il fait apparaître une boîte en carton blanche fermée par du bolduc.

— J'ai pensé que vous auriez faim pour un goûter tardif.

— Il ne fallait pas.

Je saisis la boîte avec délicatesse et j'invite Fred à s'engager dans le couloir. La porte fermée, ous nous installons dans mon bureau. Je pose le paquet à ma gauche pour ne pas encombrer l'espace entre nous.

— Merci beaucoup.

— Ce n'est pas grand-chose.

Avec un certain trouble, je me revois plus tôt dans l'après-midi et le ventre gargouillant, déplorer l'absence de gâteaux à grignoter entre deux séances. Peut-on

communiquer ses envies malgré la distance, malgré soi ?
Je repense à certains appels de mon frère, il y a des années,
aux moments difficiles. Il disait avoir ressenti un malaise
et pensé à moi de façon insistante. Ces coïncidences ont
entretenu ma méfiance envers la trop grande assise des
sciences dures.

Fred s'inquiète :

— J'ai dit ou fait quelque chose d'inapproprié ?

— Non, pas du tout.

— Vous aviez une mine inhabituelle.

Nous nous méprenons en pensant que nous sondons les
patients sans réciprocité. Eux aussi détectent nos humeurs
et nos changements. Cela dit, Monsieur Guerrand s'avère
particulièrement sensible à mes attitudes. J'ai parfois
l'impression qu'il capte les émotions qui me traversent.

Alors que son regard reflète un instinct animal puissant,
il plaisante :

— Ce n'est pas agréable de me revoir ?

Je me contente de sourire à sa provocation, vestige de
son ancien fonctionnement. Son piège m'apparaît aussi
clairement qu'une affiche de soldes un vendredi noir. Sans
y répondre, j'entonne mon refrain habituel :

— Comment s'est déroulée votre semaine ?

— Des milliers de pensées ont tourbillonné dans ma
tête. Une évidence s'est dégagée de tout ça : je me sens
beaucoup plus vivant chagriné par le départ de Storie qu'en
baisant mon prochain. Quel intérêt de me dire : « Génial,
je fais tomber des filles » ?

— Avez-vous eu une sorte de déclic ?

— Oui, si on veut. J'ai compris ce que vous me disiez
depuis longtemps. L'homme trouve dans l'amour un
but supérieur aux autres, dans la relation une étreinte

incomparable. Durant mes échanges avec Storie, j'éprouvais des sentiments inédits. Sa seule présence, quelque part sur Terre, m'apportait un vrai soutien. Rien à voir avec les femmes qui disaient m'aimer et que je négligeais en retour. Avec elle, le partage était stable, fiable, je retrouvais ses mots avec tant de plaisir ! Je m'y baignais sans retenue.

Je le considère avec bienveillance et un brin d'amusement.

— Vous avez découvert l'ivresse de l'amour. Bienvenue parmi les êtres humains !

Je réalise soudain que mes dires font écho à sa plaisanterie sur sa provenance extraterrestre lors de notre correspondance passée. Tout en m'intimant de redoubler de prudence, je garde une mine égale pour dissimuler mon trouble. *Pokerface*.

Fred semble imperméable à ces préoccupations. Il poursuit :

— L'amour me manque autant qu'elle. La dernière fois, vous me demandiez si, au-delà de ma rencontre avec elle, je n'étais pas à l'origine de mes propres émois. Cette interrogation m'a obsédé jusqu'à aujourd'hui. J'ai beaucoup repensé à mon ex, Sarah. J'ai des regrets. Je suis passé tout à fait à côté de notre histoire. Elle aurait pu m'apporter tellement plus ! Je songe à la recontacter. Qu'en pensez-vous ?

Je contiens ma stupéfaction. Balbutiant légèrement, je concède :

— C'est peut-être une bonne idée.

Je complète d'une voix plus assurée :

— Tout dépend de ce que vous attendez d'elle.

— Je sais qu'elle ne m'a pas oublié. Je le sens. Il y a quelques jours, elle m'a même demandé des nouvelles.

— Pensez-vous que votre histoire peut reprendre, au-delà du fait que vous n'étiez pas suffisamment ouvert à l'amour ?

— Est-elle prête à revenir ? Je l'ignore.

— Mais vous, avez-vous envie de reprendre cette histoire ?

Mon ton agacé transpire la peine. Je me sens trahie, abandonnée au second plan, comme une chaussette trouée. Sans plus de contrôle, mes émotions se mutinent et mon double rôle m'écartèle. Comment puis-je l'encourager à renouer avec une autre alors qu'il est censé aimer Storie, m'aimer ? Dans la position de l'escroc rattrapé par ses mensonges, je ne peux que m'en vouloir. J'aurais dû stopper cette histoire tant qu'il était encore temps. Mon piège se referme sur moi.

— Je désire retrouver cet état amoureux qui me donnait une raison de vivre. Storie a disparu et je n'ai aucun moyen de la retrouver. Celle qui se rapproche le plus de ce j'ai éprouvé pour elle est Sarah. Elle me comprenait jusque dans mes retranchements, elle voulait construire avec moi une relation durable, elle projetait d'avoir des enfants. Elle avait beaucoup de qualités… Je l'ai ignorée, mal aimée, trompée trop de fois. Je prends conscience de mon comportement, à présent. Elle espérait me voir changer et je persévérais dans la mauvaise direction, enchaînant les erreurs.

— Ces regrets prouvent que vous avez considérablement évolué, mais ils ont une autre fonction : ils vous dissuadent de reproduire les mêmes erreurs dans le futur.

— Vous pensez qu'une relation nouvelle serait plus judicieuse ?

— Je ne sais pas. J'essaye de vous guider au mieux.

— Vous avez dit vous-même que Storie n'avait été qu'un prétexte et que j'avais décidé seul de m'ouvrir à l'amour. Renouer avec Sarah pour tenter d'instaurer une relation saine est le meilleur moyen de vérifier la justesse de votre intuition.

Sa logique est implacable. Il suit mes conseils en voulant tester d'autres expériences. Je l'ai éloigné de Storie par culpabilité et pour qu'il se remette de son chagrin d'amour. Il y arrive enfin et ce dénouement me brise le cœur.

Parée de mon masque professionnel, j'affirme :

— Vous avez tout à fait raison. En vous confrontant à une situation réelle et en observant vos sentiments, vous saurez ce qu'il en est.

— Si elle accepte ! En me quittant à bout de forces, elle m'a dit avoir tout essayé, tout donné. Elle m'a demandé des nouvelles, car elle a appris par une connaissance commune que j'étais en arrêt maladie. Elle a dû songer que notre rupture m'avait affecté.

— Ce qui me semblait vrai, même si vous l'avez camouflé.

Un rictus fait sursauter ses lèvres.

— On ne peut rien vous cacher... Dès le premier rendez-vous, j'ai su que vous seriez perspicace, dure à cuire. Carrure de boxeuse et regard intelligent !

— Merci. À ce propos, une question me taraude. Comment avez-vous su que c'était moi ? La première fois qu'on s'est vus, je suis entrée dans la salle d'attente et vous vous êtes immédiatement levé. Nous sommes deux femmes psychologues à exercer ici et je n'ai pas de photo sur internet.

— Votre voix. Elle n'appartenait pas à la vieille psy que j'espérais. Au téléphone, vous aviez eu ce rire dont je me souviens très bien, discret mais généreux. Un rire qu'on veut élucider, reproduire pour en apprécier toutes les nuances. La fraîcheur et l'espoir qui s'y cachaient m'ont convaincu de découvrir sa propriétaire et je n'ai pas été déçu. Je troque volontiers une attestation contre vos lumières ! Je suis chanceux d'être tombé sur vous. On m'avait rarement si bien compris.

Une chaleur agréable emplit mon corps et grimpe jusqu'à mon visage.

— Merci, j'apprécie ce beau compliment.

— C'est à moi de vous remercier. Vous m'aiguillez finement. Aujourd'hui, je sais où je vais et mon but est honorable.

— D'ailleurs, je voulais vous proposer quelque chose. Si Sarah a besoin d'une preuve pour vous faire confiance de nouveau, je peux vous recevoir ensemble ?

Une lueur effarouchée traverse ses yeux. L'espace d'une seconde, il perd sa bonne tenue. Notre alliance ne supporterait-elle pas un tiers ? L'idée de la revoir n'était-elle qu'une ruse destinée à me contrarier ? Est-il réellement prêt à franchir cette étape avec Sarah ? Je reprends :

— Je ne vous oblige en rien, bien sûr. C'est une simple proposition. Une consultation commune pourrait vous aider à définir de meilleures bases pour le futur.

— Alors, je dois lui dire que je viens ici ?

— Si vous voulez construire une relation neuve et basée sur la confiance, pourquoi ne pas le lui dire ? Par expérience, la thérapie entamée par un des conjoints s'avère un argument clé pour convaincre l'autre qu'un changement est possible.

— Je suis touché par votre soutien.

— C'est mon métier.

Je lui envoie mon sourire le plus crédible.

— Dix-neuf heures, vendredi 23 ? Appelez le secrétariat pour déplacer le rendez-vous s'il ne convient pas à Sarah.

— Entendu.

Notre poignée de main est sèche et sérieuse. Pourtant, je crois apercevoir un éclat espiègle dans son regard, un défi me rappelant nos premières séances.

Après avoir refermé la porte derrière lui, je retourne m'effondrer dans mon fauteuil. Avait-il planifié de me parler de Sarah aujourd'hui ? Mes yeux tombent sur la boîte blanche qu'il m'a offerte. Ce cadeau est-il censé adoucir ma réaction amère ? L'avait-il prévue ? Si c'est le cas, notre connexion se développe en dehors du cadre professionnel. A-t-il voulu freiner cet attrait naissant et remettre des limites en évoquant Sarah ? Qu'en est-il de Storie ? Son amour pour elle a-t-il disparu ? Une migraine m'enserre le crâne. Heureusement que ma journée s'achève. Je me lève péniblement pour enfiler mon manteau.

Dans la rue presque déserte menant à la gare RER de Ris-Orangis, je marche au ralenti. Me déplacer ainsi m'arrive une fois par mois environ, après une journée particulièrement difficile. Une grande poubelle grise se dresse sur mon chemin. Je dégage la boîte à pâtisseries de sous mon bras pour l'y poser. Après avoir tiré sur un des bouts de ficelle retenant le couvercle, j'ouvre le paquet. Il contient un imposant macaron débordant de crème. Sans prendre la peine de refermer la boîte, je jette le tout dans la poubelle avant de poursuivre ma route.

Souvenirs quinze

Mes deux premières années de pratique furent éprouvantes. J'acceptais tous les patients, quelles que soient leurs problématiques, ce qui me renvoyait régulièrement aux miennes. Sans expérience de couple, je peinais à conseiller mes interlocuteurs sur leurs relations conjugales. Seule derrière mon bureau, je cherchais désespérément un exercice à leur proposer. J'avais envie d'offrir la séance quand je songeais au montant engagé en l'échange de mes lumières toutes relatives. Je me retenais parfois de préconiser : « Vous devriez consulter une psychologue » tant je me sentais inapte à exercer mon propre métier.

Très jeune pour débuter une carrière en libéral, j'avais l'impression de déceler une défiance dans l'œil de chaque patient. Je doutais de ma formation universitaire et de ma légitimité à assurer des consultations psychologiques. Je jouais à la psychologue plus que je l'incarnais, accablée par le syndrome de l'imposteur.

De surcroît, j'eus rapidement droit aux écueils du métier : le suicidaire qu'on ne peut laisser partir qu'en compagnie des pompiers, l'enfant qui confesse les attouchements d'un parent et l'appel à la CRIP pour effectuer son signalement, le patient souffrant d'un trouble de la personnalité qui harcèle puis menace de porter plainte et le dépôt de main courante au commissariat pour se protéger. Je me croyais victime d'un mauvais sort.

Je luttais pour me prouver que je possédais des épaules assez larges, dans une bataille perdue d'avance. D'autres épreuves me paraissaient plus complexes que l'entrée dans la vie active. N'avais-je pas grandi sans mère ? Malgré mon hyperactivité, n'avais-je pas réussi à étudier cinq ans à l'université ? Qu'avais-je raté ? Ne me connaissais-je pas suffisamment ? Une spécialiste de la psychologie humaine peut-elle ignorer les mécanismes qui sous-tendent son propre esprit ? Était-ce une période normale d'adaptation ? Entre aveu de faiblesse et ego bousculé, je peinais à me rendre à l'évidence : je n'arrivais pas à faire face.

La décision de consulter un confrère est extrêmement difficile à prendre pour un soignant. J'attendis de friser l'effondrement avant de m'y résoudre, comme nombre de mes patients. Au constat de mon mal-être s'ajoutait la peur d'être jugée par un aîné. J'hésitais plusieurs semaines devant la simple question : préféré-je un ou une psychologue ? Après avoir parcouru une vingtaine de sites internet, j'optai finalement pour un homme dont le cabinet se situait passage du Génie. Le nom de la rue ne mentait pas : en une séance, j'eus un *insight* — une prise de conscience, dans notre jargon — suffisamment puissant pour relativiser l'ensemble de mes comportements.

Installée dans un canapé moelleux, je venais de résumer mon existence. J'avais abordé le sujet de ma mère avec lucidité et froideur et j'avais décrit le lien avec mon père comme une ressource infaillible. De la relation avec mon frère, je n'avais évoqué que la fusion dans l'enfance, évitant la douleur du présent. Je ne m'étais pas attardée sur mon quotidien dénué d'amour, de tendresse et d'étreintes. Cette facette méconnue de la vie me manquait peu. J'avais plutôt insisté sur un cauchemar qui survenait presque toutes les nuits.

— Je suis dans un bureau infirmier, au centre de consultation où j'exerce. Allongée sur la table de soins, j'observe un homme en blouse blanche et au visage invisible s'approcher de moi avec une grande seringue. Il tente de me rassurer, mais je suis convaincue que le liquide qu'il s'apprête à m'injecter est mortel. Derrière lui, la ribambelle de patients dont je m'occupe observe la scène. Je hurle pour qu'ils interviennent et ils restent immobiles.

La cinquantaine, le dos enfoncé dans un fauteuil en cuir et les mains croisées sur son ventre rebondi, le psychologue m'interrogea :

— Comment interprétez-vous ce rêve ?

— Je ne vois pas le visage du soignant, car il me représente : la blouse blanche est mon déguisement de psychologue. Il y a dans la seringue le contenu des séances que j'ingère inévitablement.

— Comment vous sentez-vous au réveil ?

— Oppressée, barbouillée. Ce cauchemar m'angoisse tellement que je redoute de m'endormir.

— Craignez-vous que vos patients vous contaminent ?

Son ton égal était exempt de tout jugement. Aussi, j'avouai :

— Oui.

Après un silence, le psy reprit :

— Dans le rêve, vous appelez à l'aide. Pourquoi vos patients ne peuvent-ils pas vous aider ?

Je soupirai :

— Parce que c'est à moi de le faire.

— Exact. Parlez-moi de votre pratique. Combien de patients recevez-vous ? Combien de temps ? Que leur proposez-vous ?

Il avait tout compris.

Je lui expliquai que j'enchaînais les consultations toute la journée avec pour seule pause une heure au déjeuner. Chaque patient apportait une situation clinique unique nécessitant une documentation et un programme thérapeutique adapté. Je m'attelais à la lecture d'articles scientifiques et de manuels de thérapie sur mon temps libre pour compenser mes lacunes. J'écoutais des conférences ou je préparais mentalement mes séances de la journée dans le RER qui m'emmenait au cabinet. Pour finir, je mentionnai le *stepper* qui régulait mon stress sous le bureau.

Le psy haussa les sourcils et me regarda attentivement. Il voulut dire quelque chose, puis il se ravisa. Il semblait hésiter sur la direction à donner à notre entretien. Finalement, il demanda :

— Qui auriez-vous voulu sauver ainsi ?

Quelque chose se décrocha en moi comme tombe un tableau le long d'un mur. Des larmes me montèrent aux yeux sans que je puisse les stopper. Le menton secoué de tremblements, j'entrepris de répondre, mais aucun son ne sortit d'entre mes lèvres, seulement le bruit de ma respiration encombrée de pleurs. Le psy indiqua d'un geste de la main une boîte de mouchoirs posée sur une table basse. J'en extrayai trois pour les plaquer sur mon visage.

Plus que tout, j'aurais voulu sauver ma mère, l'attraper par le col et la soustraire à la maladie. Au contact de patients en détresse, je revivais une enfance passée à la surveiller pour qu'elle ne se suicide pas. La menace d'une catastrophe pesait sur moi et je m'efforçais de l'éviter comme je l'avais appris enfant, sauf que cette crainte n'avait plus de sens aujourd'hui. L'inconscient ignore la temporalité.

Pourquoi n'avais-je qu'une moitié de mère ? Pourquoi demeurait-elle parasitée par un autre monde ? Pourquoi n'avais-je pas réussi à la maintenir près de moi ? En plus d'éprouver cette épaisse tristesse, pourquoi devais-je avoir honte de sa folie tel un parent devant son enfant incapable ? Victime de la morsure de l'injustice, je pleurais comme une petite fille.

Le psy attendit que je me calme. Il souligna mon absence de responsabilité dans la maladie de ma mère, même si elle avait décompensé à ma naissance. Au fond de moi, je le savais, mais l'entendre de la bouche d'un autre me soulagea — n'est-ce pas le principe d'une thérapie ? Malgré mes yeux rougis et ma douleur morale encore intense, je me sentis débarrassée d'un poids.

Il m'expliqua avant de clore la séance plusieurs grands principes : quelques minutes de pause entre deux séances, garder une distance raisonnable, surveiller ses émotions, éviter l'identification, cloisonner vie professionnelle et vie privée, avancer au rythme du patient, dévoiler ses difficultés si besoin et surtout accepter l'échec : on ne peut pas sauver tout le monde.

Séance dix

J'ai longuement imaginé Sarah. Blonde, brune, fine, sportive, assurée ou émotive… Dans notre correspondance, Pokerfaith l'avait décrite comme « belle ». Sera-t-elle élégante, apprêtée ? J'ai envisagé de nombreux scénarios pour me préparer à leurs deux présences et ne pas souffrir d'une rivalité ou de jalousie. Ces ressentis seraient illégitimes : une relation sentimentale avec un patient est proscrite.

Mon rôle auprès de Fred se résume à le guider vers une vie plus satisfaisante. S'il pense s'épanouir avec Sarah… Elle l'a soutenu et aimé quand il cherchait un sens à son existence. Ne serait-il pas juste qu'elle récolte aujourd'hui les fruits de son travail en thérapie ?

Notre consultation commence dans dix minutes. J'attrape une feuille blanche dans le tiroir de mon bureau. Pour mettre mes idées au clair, je note les progrès de Monsieur Guerrand depuis la première séance. Moins de manipulation, plus d'authenticité, un *insight* concernant ses troubles, la découverte de sa vie émotionnelle, un travail fructueux sur son passé, des liens sains et confiants avec Storie, puis avec moi.

J'entreprends d'énumérer les avantages et les inconvénients à raviver ses sentiments pour Sarah. Sceptique, je débute par les risques : relancer une histoire déjà consumée, reproduire de vieux travers, conclure sur l'échec du couple. Puis je me concentre pour me placer en position d'analyste, d'observatrice, de psychologue neutre et bienveillante. Je complète l'autre colonne : la chance de connaître une relation fonctionnelle, un amour réciproque, élaborer de futurs projets, fonder une famille, partager ses pensées au quotidien, renforcer son évolution auprès de quelqu'un d'autre… Et arrêter la thérapie.

Quelle que soit l'issue de la séance, mon but est de les aider tous les deux à avancer. S'ils réussissaient à donner un second souffle à leur couple, n'aurais-je pas accompli ma mission auprès de mon patient ? Fred m'a consultée après sa rupture pour réfléchir à son fonctionnement. Notre travail l'a orienté vers la disposition à aimer et l'envie d'une relation durable. Il y a quelques mois, il tombait amoureux de Storie. Aujourd'hui, Sarah le détourne de cette histoire pour l'aiguiller vers un avenir stable et constructif. Une belle pirouette pour m'extraire d'une situation périlleuse !

Lorsque je pénètre dans la salle d'attente, Fred et Sarah sont assis côte à côte, raides, les mains sur les genoux. La pièce semble silencieuse depuis plusieurs minutes. Mon arrivée les détend et ils se lèvent avec le sourire. Sarah me salue la première :

— Bonjour, Madame Fauris, enchantée.

Je lui réponds avec la même courtoisie. En me serrant la main, Fred m'envoie quant à lui un regard complice, l'air de dire : « Vous savez quoi faire ». Je fronce les sourcils. Que sous-entend-il ? Ses attentes envers Sarah sont-elles honnêtes ? Aurais-je dû éclaircir avec lui le but de sa venue ? L'esprit préoccupé, je les guide vers le bureau.

Les consultations de couple sont compliquées, car elles nous demandent une attention constante. Certains thérapeutes les refusent d'emblée, conscients de l'énergie à déployer pour maintenir le cadre. Pendant une heure, nous sommes tiraillés, pris à parti, charmés, soudoyés, choqués. Chacun des partenaires tente de nous rallier à sa cause, égrenant les dossiers délicats qu'il détient sur l'autre. Nous leur servons d'arbitre dans ces échanges tumultueux tout en les comprenant tour à tour, faisant preuve de la souplesse d'un gymnaste.

Il nous faut gérer le confort de chacun des partenaires, son temps de parole, les émotions fortes qui freinent l'avancée de la thérapie et recadrer les schémas comportementaux nocifs. Nous donnons l'impression à chacun que nous éprouvons la même compassion pour sa situation. En leur témoignant notre soutien, nous accusons leur mauvaise foi et leur agressivité. Parfois, nous jouons au maître d'école, rétablissant l'ordre et le calme auprès de deux élèves agités juste avant qu'ils ne s'empoignent.

Les couples qui se séparent en pleine séance sont les pires. L'un des partenaires vient la fleur au fusil, pensant que l'autre se décide enfin à consulter. Il apprend finalement que son conjoint le quitte pour quelqu'un avec qui il le trompe depuis des années. Notre bureau devient un cirque de cris et de pleurs, jusqu'à ce que l'un des protagonistes claque la porte.

Pour le moment, le couple qui s'installe face à moi est calme. Je remarque que Fred a cédé sa place habituelle à Sarah. Dois-je en conclure que c'est à elle de se remettre en question ? Femme élancée aux gestes gracieux, Sarah affiche un visage sévère. Elle balaie la pièce des yeux avec méthode sans que son regard ne s'encombre de jugements. Elle semble simplement soucieuse. À sa gauche, Fred fixe le bureau, perdu dans ses pensées.

Brisant le silence, je dis :

— Sarah, je vous souhaite la bienvenue et je vous remercie d'être ici. Fred m'a expliqué...

— Fred ?

Elle me dévisage avec un mélange de surprise et de mépris. Je réponds :

— C'est ainsi que je l'appelle. Tout en maintenant le vouvoiement, utiliser le prénom est souvent plus simple. Cela pose problème ?

Elle se tourne vers lui, l'air agacé. La séance commence mal.

— Sarah, quelque chose semble difficile pour vous...

Le regard qu'elle m'envoie me coupe l'envie de prolonger ma phrase ; il aurait pu détonner, puis fumer.

— C'est le moins qu'on puisse dire ! Je n'en reviens pas qu'il m'ait fait venir ici pour me montrer qu'il a amadoué sa psy comme il amadoue tout le monde ! Il avait le même petit jeu quand je recevais des amies. Poli, propre sur lui, serviable, il s'attirait les regards et les flatteries sous mon toit, sous mes yeux !

Elle déplace sa chaise pour être face à nous deux, mais c'est à lui qu'elle s'adresse :

— Je suis bien stupide d'avoir cru à ton soi-disant changement !

Fred assure, navré :

— J'ai fait des erreurs et c'est pour m'excuser que je t'ai proposé de venir ici.

Sarah se laisse aller contre le dossier de la chaise en soupirant. Fred poursuit :

— J'ai réalisé énormément de choses avec Madame Fauris. J'ai compris que j'avais été un sale type imperméable à l'amour. Ce que tu me reprochais et dont je me moquais, je l'ai enfin saisi ! Tu avais raison...

Elle siffle :

— Qu'est-ce qui t'a fait réaliser tout ça ? Je me méfie de tes beaux discours.

— C'est une longue histoire. Après notre rupture, j'étais malheureux et irritable. Mes sentiments ont explosé au travail. Je m'en suis pris à mes collègues et à mon chef avant d'être en arrêt pendant plusieurs mois.

Les sourcils de Sarah bondissent avec la surprise. Visiblement, elle ignore tout des derniers événements de sa vie. Pourquoi a-t-elle pris de ses nouvelles, dans ce cas ? Fred m'aurait-il dissimulé certaines informations ?

— Cet incident a souligné un problème que je ne pouvais plus nier. La haine que je traînais depuis l'enfance s'était incorporée à moi. Je n'aimais pas mes semblables, j'étais incapable de me sentir proche de quelqu'un. L'échec de notre couple me hantait. Alors j'ai cherché une psychologue pour faire un travail sur moi.

Je suis sidérée par l'agencement qu'il fait du début de sa thérapie. Il passe sous silence l'attestation qu'il désirait obtenir et il déplace les conclusions de notre travail avant son commencement. Dois-je intervenir ? N'est-il pas en train de manipuler Sarah sous mes yeux ? Cette dernière interrompt mes interrogations :

— Il vous a parlé de son enfance ? Vous êtes bien chanceuse ! Aucun des amis qu'il m'a présentés ne connaît son passé. Je n'ai rencontré ni son frère ni sa mère. Après s'être côtoyés des années à l'école d'ingénieurs, on est restés ensemble plus d'un an et on a vécu six mois sous le même toit. Ce type est une porte de prison !

Son mépris est venimeux. Tout son être suinte la douleur passée et le calvaire d'une relation stérile où elle s'est débattue seule. Le goût aigre que m'a laissé la disparition de Swan me remonte à la bouche. Dans un élan de compassion, j'aimerais valider l'émotion de Sarah, lui exprimer mon soutien, mais je suis ici pour les aider tous deux et Fred est mon patient, ma priorité. En me tournant vers elle, je résume :

— Vous semblez avoir beaucoup souffert de la distance que Fred vous imposait dans la relation. Aujourd'hui, il souhaite vous expliquer en quoi il a changé. Pensez-vous pouvoir mettre de côté l'amertume laissée par votre rupture pour l'écouter ?

Elle se renfrogne un instant avant de hocher la tête. Ai-je rêvé ou un sourire est apparu subrepticement sur les lèvres de Fred ? Il déclare :

— Merci, Madame Fauris.

À quoi joue-t-il ? A-t-il réellement envie de rétablir leur lien sentimental ou m'a-t-il induite en erreur ? Se sert-il de moi pour arriver à des fins peu honorables ?

— Je suis venu en consultation dans ce bureau pour éclaircir mon fonctionnement. Les débuts de la thérapie n'ont été évidents ni pour Madame Fauris ni pour moi. J'avais du mal à me laisser aller, à déterrer mes souvenirs ; j'avais l'impression de ne ressentir aucune émotion. Au fur et à mesure, j'ai compris que je redoutais un seul sentiment : l'impuissance. Pour l'éviter, je préférais ne rien construire, ne jamais me retrouver seul face à l'échec d'une relation. Mais c'est bel et bien ce qui s'est passé quand tu es partie, Sarah.

Il plante son regard dans le sien avec théâtralité. Le visage de la jeune femme se froisse et du pouce et de l'index de la main, elle s'essuie les yeux. Elle a dû attendre ces mots de longs mois. Elle baisse la tête et ses cheveux détachés dissimulent son visage. Le bruit de sa respiration hachée nous parvient. Elle gémit :

— Pourquoi n'as-tu rien fait ? Tu aurais pu arranger les choses.

Les sourcils de Fred s'encastrent l'un dans l'autre. La souffrance de Sarah semble percer sa carapace, fissurer son masque. Sa voix tremble :

— J'avais besoin de temps... Après avoir évoqué un seul souvenir de mon enfance, j'ai fait des cauchemars pendant des semaines ! J'ai réalisé tout le mal que j'avais engendré autour de moi et je me suis senti un monstre ! Les défenses que j'avais construites jusqu'ici se sont écroulées.

En réactivant un schéma relationnel passé, d'anciens réflexes reviennent. Depuis le début de la consultation, Fred tentait d'adoucir la réaction de Sarah avec de belles phrases, il s'arrangeait pour ne pas se dévoiler. Il agissait exactement comme lorsqu'ils étaient ensemble. Le moment de bascule est arrivé : son nouveau fonctionnement va pouvoir s'exprimer. Il s'écrie :

— J'ai fait l'expérience de l'attachement, de l'amour, du rejet ! J'ai souffert, putain ! Jamais je n'avais ressenti autant de peine. J'étais à la place des femmes que j'avais malmenées tout au long de ma vie. Mes fantômes m'ont rattrapé et Madame Fauris m'a vu dans des états pitoyables. Je me suis exposé à la faiblesse, j'ai montré mes failles, j'ai pleuré comme un enfant !

Ses yeux brillent d'une émotion péniblement contenue. Troublée par son discours, Sarah redresse la tête sans cacher ses pleurs. Ses traits chiffonnés par la peine et la rancune me bouleversent. Elle murmure :

— Six mois après notre rupture, tu me dis que tu ressens de l'amour ? Tu sais combien de fois j'ai espéré que tu me dises « je t'aime » ? Tu sais comme c'est douloureux d'oser le dire et d'avoir en retour une porte claquée ?

— Oui…

Le regard de Fred rencontre le mien. J'y lis un abandon total, un effondrement, comme si quelque chose venait de s'y briser avec fracas. Ses pupilles rétrécissent. Alors que son premier regard dans la salle d'attente, il y a cinq mois, était celui de la satisfaction d'écraser l'autre, celui-ci appartient au vaincu qui dépose les armes. Deux larmes débordent de ses yeux et glissent sur ses pommettes. Il répète :

— Oui.

Sa voix se brise sur ce seul mot, aveu ultime d'un chagrin d'amour saignant au grand jour.

Sarah se redresse soudain sur sa chaise, raide comme une planche. Tournée vers moi, elle aboie :

— Ce n'est pas moi qu'il aime, n'est-ce pas ?

Elle s'adresse de nouveau à Fred et sa douleur est si vive qu'elle se meut en une colère noire :

— Tu m'amènes chez une psy pour me dire que tu aimes quelqu'un d'autre ? Tu me fais ça à moi qui ai tant souffert de notre histoire ?

Secoué de sanglots silencieux, le corps de Fred reste droit, maintenu dans un carcan par la dignité que l'on s'autorise dans les pires situations. Après s'être levée, Sarah semble lui vomir dessus :

— Tu es la pire des ordures que j'ai connues ! La pire expérience que j'ai vécue ! Si j'avais su, je ne me serais jamais approchée de toi. Tu as gâché un an et demi de ma vie, tu m'as fait souffrir le martyre pour une relation foutue d'avance et tu m'humilies une dernière fois !

Tandis qu'elle enchaîne les reproches et les insultes, je me demande combien de femmes ont été dévorées par la même rage. Une question malvenue s'impose à moi :

ressemblerai-je un jour à Sarah ? Elle détourne la tête comme si le regarder lui crevait les yeux. Sa voix baisse d'un ton :

— Tout ce que je voulais, c'était toi, pas ton blabla insipide ou tes cadeaux pour te faire pardonner. Je t'ai connu mieux que n'importe laquelle de tes ex et, pourtant, tu ne m'as pas montré grand-chose. Aujourd'hui, tu imagines que tu t'ouvres à je ne sais quoi, mais ce sont encore des foutaises. Quand tu te décideras à t'offrir à quelqu'un comme je me suis offerte à toi, à lui avouer tes sentiments sans t'écouter parler, à te dévoiler vraiment, tu commenceras à mûrir ! Mais la personne qui verra ce Fred-là n'existe pas et n'existera jamais. Ce n'est pas une femme qui révolutionnera ta vie, Fred, il faut te faire soigner.

Initialement pensée pour consolider leur relation, cette séance vire à la décharge d'émotions négatives et à la destruction. J'interviens :

— Sarah, j'entends votre colère, votre détresse et les sentiments pénibles qu'il vous reste de cette relation. Vous parlez de soins, Fred est en thérapie précisément pour progresser vers un fonctionnement plus sain.

Le visage rougi de Sarah se tourne vers moi et je comprends immédiatement que j'aurais mieux fait de me taire.

— Vous le défendez, parce que vous êtes la seule à l'avoir approché et compris, c'est ça ? Vous…

Elle stoppe net son discours. Elle nous dévisage alternativement pendant que ses lèvres remuent en silence. Comme frappée par la foudre, elle pousse un cri strident et attrape son manteau sur le dossier de la chaise. Elle articule de toute sa haine :

— Je vous souhaite de former un beau couple.

Après avoir craché sur le sol, elle quitte mon bureau.

Le silence qui suit sa sortie pèse lourdement sur moi. Ses mots tournent dans ma tête comme un tourbillon de feuilles mortes. N'y a-t-il qu'à moi que Fred se soit ainsi dévoilé ? Notre amour est-il si flagrant ? Que faire, à présent ?

Nous ne nous sommes pas regardés une fois depuis que Sarah a déserté la pièce. Je sais, je sens que Fred a des pensées semblables aux miennes. Nos sentiments ont été révélés, notre lien amoureux ne peut plus être confondu avec une accroche particulière entre une psy et son patient. Les tableaux sur lesquels nous jouons sont trop nombreux, l'histoire est trop forte, l'attache trop profonde.

Nous avons essayé de donner le change, de ménager nos émois, mais nous devons nous rendre à l'évidence. L'amour s'est immiscé dans nos rapports et nous ne pouvons — nous ne devons — plus l'ignorer. Nous avons fait durer le malentendu, parce qu'il était rassurant. Nous y trouvions un bonheur facile, protégé par ce soi-disant cadre qui n'existe plus depuis longtemps.

— Fred, je suis désolée…

— Il fallait bien que quelqu'un le dise.

Toutes mes erreurs au cours de la thérapie me sautent au visage et mordent ma conscience. Mes yeux s'emplissent de larmes qui ne coulent pas. Je n'ai jamais pleuré devant un patient. Fred en est-il encore un ? Je bredouille :

— Je n'ai pas respecté le code déontologique de ma pratique et je vais devoir mettre fin à nos séances.

— Alors je ne suis plus votre patient ? Je veux dire…

Je tends les paumes entre nous comme sur un mur invisible.

— Nous ne devrions plus nous voir.

Les secondes creuses qui suivent ma phrase emplissent la pièce d'une atmosphère dramatique. Je secoue la tête. Il se lève lentement, comme si son corps entier le faisait souffrir. Je l'imite, fébrile. Nous nous tenons l'un devant l'autre sans bouger. Nos regards semblent se disputer un pardon imploré. Je suis incapable d'effectuer les gestes qui l'inciteraient à partir : lui tendre la main, ouvrir la porte. Paralysés, mes membres refusent d'obéir.

Il s'avance d'un pas vers moi. Sans décoller son regard du mien pour s'assurer qu'il n'outrepasse pas mes limites, il m'entoure de ses bras. Les premières secondes, je me laisse faire, ahurie. Puis son parfum m'enlace lui aussi, une sueur aux effluves doux, une peau salée qu'on aimerait goûter. À mon tour, je le serre contre moi.

Nous nous agrippons l'un à l'autre comme au milieu d'une tempête. À travers sa chemise, je le griffe de mes doigts recroquevillés. Il appuie avec force sa joue contre la mienne, posant ses lèvres ouvertes à l'orée de mon cou. Son souffle soulève mes cheveux, alors qu'il me presse de plus en plus fort contre lui. Nos corps semblent communiquer au-delà de nos vêtements et prévoir des scénarios interdits. Après m'être écartée de lui, j'articule difficilement :

— On ne peut pas…

— Merci pour tout.

Ses mots semblent trancher l'espace entre nous. Il me contourne pour ouvrir la porte et sans même m'accorder un dernier regard, il sort de la pièce. Pour ne pas gâcher ce que je peux encore conserver de lui, je bloque ma respiration et j'écoute le bruit de ses pas s'évanouir dans le couloir. J'entends la porte du centre de consultation se refermer entre nous. Je m'adosse au mur, mes jambes cèdent et je glisse au sol. Alors seulement, mes yeux se vident.

Tribulations onze

La nuit a été horrible. J'ai beaucoup pleuré, pesté contre moi-même, l'ironie du sort et la perfidie de la vie. Cette étreinte a réveillé en moi le désir implacable d'être aimée, de me coller à celui que j'aime sous la couette, d'envelopper son dos, de me rouler en boule contre son ventre, d'harmoniser ma respiration avec la sienne. Ai-je déjà connu la joie de m'éveiller dans la chaleur de bras familiers ? La tristesse m'assiège comme une armée déterminée à soumettre une ville. Le vide m'encercle, exerce sur moi sa force de gravité. Mon ventre se creuse, mes tripes semblent éclater ; je me suis poignardée toute seule.

Quand Fred m'a humiliée, j'ai voulu me venger, renverser la situation, lui infliger le mal qu'il distribuait avec légèreté. Mon ego a doublé mon professionnalisme. Ma dégringolade émotionnelle est légitime : je récolte ce que j'ai semé. Je suis pathétique. Répète-t-on inlassablement ses schémas ? Cet homme n'était pas sain et j'ai entretenu notre relation. J'ai cru maîtriser mes sentiments, me montrer plus maligne, mais mon besoin affectif était tel qu'il a écrasé mes principes.

J'ai suivi ce patient que j'aurais dû réorienter, je l'ai laissé empiéter sur le cadre, j'ai ri à ses blagues, j'ai participé à développer notre complicité. Je l'ai traqué dans sa vie personnelle pour le séduire à visage couvert et le plonger dans le désespoir. Puis dans mon beau bureau de psy, je l'ai consolé du préjudice que je lui avais causé. Comme si le vice n'était pas suffisant, je lui ai intimé de venir avec son ex pour achever de réparer mon erreur, effacer mon passage de sa vie. Il n'en a été que plus visible…

Les rôles se sont-ils inversés au point que je suis perverse, à présent ? Au moment de quitter ma vie, Fred ne jouait plus, ne mentait plus, ne manipulait pas. Son statut de patient abrogé, il désirait débuter une autre relation. Il a assumé la situation comme un psy l'aurait fait et j'ai été malhonnête. Alors que j'éprouve des sentiments pour lui, j'ai refusé sa proposition.

Que ressent-il en ce moment ? Une femme à laquelle il s'attache le rejette pour la seconde fois. S'en relèvera-t-il ? À la suite de ce nouvel échec, sa sensibilité tout juste acquise va-t-elle disparaître, engloutie par d'anciennes défenses ? Je crains que ses progrès ne se figent face à une telle déception.

Il me plaisait beaucoup. J'aimais ses contradictions, son assurance dissimulant une enfance déchirée, ses émotions à aller chercher, sa sensibilité naissante, si belle et réfléchie. Je pensais souvent à lui. Depuis son changement, il était vrai, passionnant, attentif et clairvoyant, sans avoir perdu sa malice, son humour et son charme… J'ai eu la chance à ses côtés de redécouvrir l'amour, le chagrin, la perte, la résignation, puis la leçon tirée, la renaissance et l'engagement vers une voie nouvelle. J'aurais aimé suivre son évolution et le guider encore. J'aurais aimé le rencontrer dans d'autres circonstances…

Physiquement, nous nous serions plu. Ne m'a-t-il pas décrite comme « une femme jeune au joli visage, le corps et la démarche fermes » ? J'ai tant lu cette phrase. Il avait caressé mon corps du regard et retenu mes courbes. Fantasmait-il sur une relation charnelle tout comme je rêvais secrètement de son corps fin et dessiné ? Sur son visage, j'aimais l'ombre creusée par ses joues, son nez en équerre, ses yeux bruns virant tantôt au noir tantôt à l'ambre, si profonds qu'ils me déstabilisaient.

Je presse mes cuisses l'une contre l'autre pour contenir l'envie qui envahit mon bas-ventre. Un long frisson me traverse. Tenter de me calmer est vain : couplées à mes sensations, des images licencieuses s'imposent à moi. Pour ne pas en perdre un détail, je ferme les yeux.

Je revois sa chemise tendue sur ses pectoraux, sa veste de costume qui mettait en valeur ses épaules. Souvent, mon regard glissait sur sa peau apparente. Ma main se serait volontiers aventurée sous le tissu blanc. Elle aurait fait sauter un à un les boutons de sa chemise dont j'aurais ouvert les pans, dévoilant son torse.

Des lèvres, j'effleure la fine peau de son cou. J'érafle ma joue sur sa barbe drue et je respire à son oreille. Je passe les doigts dans ses cheveux avant de serrer le poing. Mes yeux sont cloués dans les siens. Les mots ne sont pas nécessaires pour y lire mes intentions brûlantes. Écartant les jambes, je m'installe sur ses cuisses et je presse mon corps contre le sien pour sentir monter son désir.

J'ôte sa veste et sa chemise en contournant ses épaules pour les abandonner sur ses avant-bras. Prisonnier de ces menottes de tissu, le regard suspendu à mes gestes, il remue les lèvres comme une dernière mise en garde. Avant que les mots ne s'en échappent, j'y colle les miennes.

Libérées de leurs liens, ses mains empoignent mes fesses pour me porter. Nous tombons sur mon bureau et son corps recouvre le mien. Nous nous dévorons le visage, avalant nos baisers avec l'avidité des amants réunis. Son sexe tend vers moi à travers son pantalon. J'enfonce mes ongles dans son dos et griffe longuement ses flancs pour y inscrire mon passage. Marquer mon territoire. Le visage fourré dans mon cou, il gémit de douleur et de plaisir. Il déchire mon chemisier et arrache mon soutien-gorge, projetant sa bouche chaude contre mes seins.

Il déboutonne mon jean. Il fait descendre la braguette avec une lenteur exquise tout en me détaillant de son regard dominateur. Il tire mon pantalon et ma culotte sous mes fesses. Après avoir délacé mes chaussures, il envoie mes vêtements au sol. Le bouton de son propre jean enlevé, il libère son sexe. Il me soulève de ses mains puissantes pour me rapprocher de lui. Sans me quitter des yeux, il me pénètre profondément. Sa respiration s'accélère, elle mêle grognements et mots excitants. Délaissant tout contrôle, je m'abreuve de ses paroles. Je sens l'orgasme monter alors que je crie de plus en plus fort.

Je suffoque en étouffant un soupir, la main entre les jambes. Je l'enlève brusquement de l'ouverture de mon pantalon. Le souffle court, je me précipite dans la salle de bains. Je me lave longuement les mains en les frottant jusque sous les ongles comme une expiation. Je croise mon reflet au-dessus du lavabo. Suis-je possédée par le vice ? Il me faut oublier Fred — cette histoire est finie — et mon désir pour lui s'amplifie ! Un fantasme devrait rester un songe, mais depuis notre rencontre, ne mélangeons-nous pas rêve et réalité ? Une idée me traverse soudain l'esprit.

À ma table de travail, j'ouvre mon PC et internet. Je retrouve dans ma boîte mail le message confirmant la suppression du profil de Storie. Je fais défiler le texte jusqu'au lien : « Réactiver mon compte ». Je clique dessus. La page du site s'affiche. Le mot de passe entré, je consulte la messagerie de Storie. Un courrier de Pokerfaith me saute aux yeux parmi une dizaine de notifications inutiles. Il a été posté hier à vingt-deux heures cinquante. Mon cœur semble imploser à la lecture des premiers mots.

Madame Fauris,

Depuis le début, je sais que c'est vous. La discrétion n'est pas votre principale qualité. Je n'ai eu qu'à titiller Storie sur l'Histoire pour vérifier sa connaissance du sujet. Vos tentatives de camouflage n'ont pas échappé au chasseur expérimenté. L'architecture d'un bâtiment et celle d'une âme ne découlent-elles pas d'une même fascination pour la structure ? Storie n'a-t-elle pas témoigné d'une curiosité excessive quant à mes impressions sur ma psy ? De plus, elle ne m'a jamais demandé ni mon âge ni de photographies nettes. Une femme aussi méfiante en aurait fait sa première exigence ! La chance du débutant n'existe pas dans ce jeu-là.

Je partais avantagé : dans mon sang, coule le poker. J'assistais à la construction de votre personnage en ricanant doucement, j'observais vos manœuvres maladroites en secouant la tête. La balance me faisait sa révérence, alourdie d'un autre avantage : un lien intuitif m'unissait à vous. Il me semblait parfois lire dans votre tête en séance ; et ce fut pareil à distance.

Si je laisse mon esprit vous rejoindre ce soir, votre malheur l'envahit. Je sens un dilemme vous ronger, raviver la douleur de notre désir avorté. Allez-vous réactiver votre compte pour que nous nous expliquions ? Je parie que oui. Dans quelques heures ou demain, le temps de digérer nos adieux, vous devinerez que je vous ai écrit.

Récoltant mes états d'âme en thérapie, vous me connaissez mieux que personne. Vous vous doutiez qu'au cours de notre correspondance, j'essaierais de vous faire tomber, tout comme je savais qu'une Rastignac humiliée en valait deux sortant l'épée. Je ne me suis pas trompé : vous avez été un duelliste hors pair. Vous m'avez surpris par vos mots, votre habileté, votre flair pour mes pièges, votre résistance. Plus que mes conquêtes futiles et ennuyantes, notre jeu littéraire a été l'un des grands plaisirs de ma vie.

J'ai attendu le bon moment comme à mon habitude, battant en neige les émotions pures, faisant monter la tension. Redoutable prédateur, très patient, j'ai construit mon stratagème avec soin. J'ai calculé, estimé, prévu, esquivé les obstacles et écarté vos doutes. J'ai peu à peu conquis votre âme.

Après vous avoir convaincue de m'accepter en patient, j'ai quitté la thérapie avec bruit. Après avoir suscité votre désir de vengeance, je vous ai traînée sur un site de rencontre. Pervertir ma propre psy ! Le summum ! En jouant avec moi, vous mettiez-vous consciemment en danger ? Cette idée m'enivrait et dominait mes fantasmes. Je connaissais votre potentiel, votre répondant et votre complexité. Ils m'attiraient comme autant de belles prises de guerre...

Aujourd'hui, j'ai honte de parler ainsi. Honte de celui que j'étais. Vous m'avez transformé. Depuis notre « rupture » tout à l'heure, je me sens arraché à vous, livré au désespoir. Cette lettre est si importante... Je m'appliquerai à restituer mes impressions telles quelles, depuis le début, car nos masques enfin tombés, c'est avec honnêteté que je souhaite m'exprimer. Où en étais-je ?

Vous vous êtes tranquillement attachée à moi. Vous m'avez confié vos espoirs, la trame de votre personne, votre passé par bribes. Vous avez laissé filtrer les brèches ; je n'avais qu'à m'y jeter pour vous faire vaciller. Parti loin au creux de votre faille, mon coup final vous aurait fait tomber dans mes bras comme un ange du ciel. Le couperet lâché sur votre nuque délicate, vous auriez constitué mon plus beau trophée.

Mais à l'approche de votre personne, j'ai sursauté à ma propre tendresse. Storie avait peu de mystères, Lou Fauris bien plus. Votre créature digitale révélait-elle votre caractère et des épisodes de votre histoire personnelle ou vous inspiriez-vous de patientes vues en consultation ? Je pensais à vous du matin au soir en reconstituant le puzzle de vos deux facettes. J'admirais le tableau dépeint par vos doigts dans ses moindres nuances.

J'ai cessé les safaris avec d'autres. J'ai ignoré jusqu'à leur existence pour me concentrer exclusivement sur vous. Puis je vous ai assommée de déclarations tel un adolescent. Que m'arrivait-il ? Quel démon me possédait ? Sur le point d'appuyer sur la détente, je sabotais de longs mois de chasse ! Le braconnier s'était-il laissé prendre à son propre piège ?

La morale, le respect, la culpabilité... L'attachement. Des concepts inédits. Vous écrire des lettres d'amour avait certes donné une saveur inconnue à ma vie, mais j'étais loin d'imaginer ce qui m'attendait : j'avais développé de sincères sentiments pour Storie. Pour vous. Ce constat m'a complètement ébranlé. À partir de ce moment, j'ai perdu pied.

Insistant, je vous ai pressée d'accepter une rencontre. Je voulais vous dévoiler mon trouble. N'étiez-vous pas ma confidente ? J'étais sûr que vous partagiez mes émois, mais vous avez retourné votre veste avant de disparaître. Sans nouvelles, j'ai compris que je m'étais fait avoir. Vous m'aviez fait tomber. Cette tromperie a creusé en moi une impression d'échec insupportable. Jamais je n'avais été blessé ainsi.

J'ai pensé vous menacer de dévoiler vos écarts de conduite à vos collègues, vous balafrer d'une lettre assassine, contacter un avocat dont le courrier vous aurait achevée. L'envie de me venger m'obsédait tant que mon affection pour vous semblait recouverte par la rage. Pourtant, dès que le désir de vous briser s'emparait de moi, de tendres impressions me rappelaient à l'ordre. Chasseur défait, j'ai désobéi à la loi du talion.

J'ai erré un temps. Il me fallait accepter d'avoir perdu la partie. J'ai relu Épicure et Schopenhauer, j'ai repris le travail pour enfouir votre souvenir, mais sous le quotidien et les habitudes, il resurgissait sans cesse. Des phrases se détachaient de notre correspondance et bourdonnaient à mes oreilles. Chaque jour, d'étranges pensées perçaient ma conscience : « J'aurais pu lui raconter que... », « Comment aurait-elle réagi ? », « Que fait-elle en ce moment ? » Alors je me suis rendu à l'évidence, les mains en l'air.

L'amour, le fameux, le grand, le tant attendu. Vos suggestions lors de nos premières séances me sont revenues. J'ai compris quelle excellente psy vous faisiez. En plus d'être rarement tombée dans mes pièges, vous m'aviez cerné. Pendant nos séances, je me moquais intérieurement de votre naïveté tout en appréciant votre culture littéraire. Finalement, vous aviez compris mon besoin avant même que je ne l'envisage : expérimenter *l'amour. Je m'en croyais incapable ; je ne vous avais pas rencontrée.*

Sous votre plume, la misère du monde trouvait grâce, sous votre bienveillance, l'ordinaire était sublimé. Vos paroles coulaient en moi et recouvraient l'amertume. Vous m'honoriez de votre finesse, de votre humour et de cette douce espièglerie que je chérissais tant. Vous m'étiez devenue indispensable.

Dans mes rêves, je revivais nos entretiens et ces instants de complicité fulgurante autour des mêmes références. Dans mes cauchemars, sans filtre, des émotions hurlantes me tenaillaient. La tristesse s'imposait à moi de plus en plus. Je vagabondais sous les intempéries comme un animal sans refuge, sans autre but que vous retrouver, vous qui m'aviez abandonné.

En parallèle, j'étais hanté par la foule d'âmes auxquelles j'avais infligé un sort identique. Toutes les femmes que j'avais connues et volontairement évincées m'apparaissaient comme autant d'insectes aux ailes brûlées, condamnés à mort. La candeur, la gentillesse, la dévotion, la confiance, j'avais tout saccagé. Pour un amusement passé en une minute, un sursaut d'excitation, un sentiment illusoire de toute-puissance, la plus cruelle des idioties. J'avais honte d'être moi, honte d'être en vie. Parfois, j'avais envie de me lacérer le visage pour ne jamais plus séduire.

J'ai hérité du don fantastique d'aimer les mots et d'associer leurs sonorités pour leur rendre hommage. Je m'en suis servi pour avilir. Je les ai injectés dans les âmes pour qu'elles m'obéissent à distance en trahissant leurs propriétaires. Je m'attaquais aux femmes sans vergogne ni conscience, comme un robot désabusé ignore la douleur des cœurs à vif. Je sautais à pieds joints sur la fine pellicule de gel qui protégeait leurs fonds. Un monstre aux mains souillées de larmes.

Il n'y avait qu'avec Storie, qu'avec vous, que je me sentais beau. Je vous lisais mot par mot, je vous imaginais les choisir, les soupeser, les apposer sur le clavier. Vous étiez ma panacée, mon havre de paix, le repos des âmes en fin de course. Cependant, après votre traîtrise, j'étais résolu à vous oublier. Quelle meilleure vengeance ?

J'ai consulté deux autres psys qui ne m'ont ni entendu ni apaisé. L'une m'a réorienté vers un psychiatre qui m'a collé l'étiquette de personnalité schizoïde, la deuxième a prétendu que « Dieu est mort » était de Leibniz : l'horreur. J'ai conclu qu'il me fallait revenir vers vous. Comment alliez-vous réagir ? La brillante psychologue saurait-elle gérer son trouble pour soulager le mien ?

Vous l'avez fait avec brio. Moi qui n'avais jamais évoqué mon enfance cabossée, j'en ai exposé les souvenirs ! J'oubliais presque Storie et notre jeu de séduction passé, éclipsés devant Madame Fauris la psychologue. L'énergie que vous avez déployée pour me résoudre mes conflits internes a parfait mon sentiment amoureux. M'a achevé.

Néanmoins, contrairement à Storie perméable à mes charmes, vous m'apparaissiez de plus en plus lointaine. Aviez-vous rencontré quelqu'un ? Déceliez-vous la tentation — frelatée mais toujours présente — de me venger ? Ma tristesse vous rendait coupable, donc vulnérable, mais je ne désirais plus vous faire de mal, seulement vous approcher. Vous aimer.

J'ignore d'où m'est venue cette idée ridicule : à l'intérieur du macaron se trouvait une lettre miniature *roulée dans de la cellophane. Une demande de cessez-le-feu, de pause dans le jeu, d'explications et d'aveux. La dernière mise, le tapis. Alliez-vous suivre, relancer, vous coucher ou quitter le coup une seconde fois ? Vous aviez mon nom, mon adresse, mon numéro de téléphone. Si vous aviez voulu répondre à mon premier pas, vous auriez fait le second.*

J'ai attendu jusqu'à la veille de notre dernière séance. Pas le moindre signe de votre part. Vous n'aviez pas ouvert la boîte, pas mangé le macaron, pas lu mon mot. Vous aviez ignoré mon attention, repoussé ma main tendue, éconduit mes sentiments sincères et affectueux. Alors que la partie touchait à sa fin, vous avez relancé la mise. That's poker.

L'allusion à Sarah en séance visait seulement à susciter ou non la réciprocité dans vos yeux. Le jeu devenu torture, j'espérais par cette provocation mettre fin à nos méprises. Si j'avais su ! Me proposer de venir avec elle... Vous m'avez épaté une fois de plus. Bluff catcher, vous faites une joueuse démoniaque ! La fin n'en a été que plus théâtrale. Mais n'est-il pas temps de cesser la partie ? Ce n'est qu'une simple question, car aujourd'hui, je n'exige rien. Je constate.

Je n'ai jamais pu me reposer ainsi sur quelqu'un. Je ne me suis jamais autant dévoilé qu'à vous. Vous êtes la seule femme qui m'ait inspiré tant de persévérance, de bonheur et d'amour. Pour vous, je suis prêt à achever ma métamorphose, à vous rester dévoué et fidèle comme Lancelot à sa reine.

Laissez-moi vous écouter à mon tour, récolter vos maux, vos erreurs de parcours, panser vos coups et blessures, prendre soin de vous. Je veux vous offrir le creux

*de mes bras, mon soutien, ma présence. Je veux vous serrer
contre moi, mêler mes traits à vos cheveux, sentir votre
cœur battre sur ma peau et votre être s'abandonner.
J'aimerais que notre première étreinte soit le début d'une
longue marche côte à côte. Est-ce encore possible?*

*Je ne me suis jamais si bien connu. Mes désirs n'ont
jamais été plus clairs. Je vous aime. Je veux vous revoir,
ne serait-ce qu'une fois. Ne me refusez pas cette faveur
ou vous devrez changer de lieu d'exercice pour ne pas
entendre chanter Roméo Guerrand sous votre fenêtre.*

*Je serai au restaurant « Le Nouveau Départ »
demain à vingt heures. Venez seule et sans masque.*

D'une tendresse infinie, je vous embrasse.

Parcourue par la joie, soulevée de terre, je m'élance à travers la pièce en poussant un cri. Je l'étouffe en plaquant mes deux mains sur ma bouche. Mon esprit bouillant semble s'évaporer autour de moi. Porté par mes jambes tremblantes, mon corps est couvert de fourmillements. Je reste quelques minutes dans cet état second avant de me rappeler que notre rendez-vous est aujourd'hui. Ma montre indique dix-huit heures.

Sursautant comme un train se met en branle, je m'active pour me préparer. La tristesse a marqué mon visage et je l'asperge d'eau froide pour le ranimer. Devant mon armoire, je n'arrive à prendre aucune décision vestimentaire. Un sourire soulage mon inconfort : au travail, habillée simplement, je lui plaisais. La tenue importe peu, nos sentiments sont si forts qu'ils ne se formaliseront de rien. J'enfile les premiers habits trouvés par mes mains.

Trop impatiente pour rester tranquille, je parcours les wagons du métro, passant au suivant à chaque station. Nous nous sommes tournés autour des mois en contenant les apparences et voilà que le jeu cesse enfin, rattrapé par la sincérité. Allons-nous nous saluer en reprenant notre étreinte achoppée ? Resterons-nous paralysés l'un en face de l'autre ? Comment entamerons-nous la discussion ? Tant d'intrigues demeurent en suspens ! Je me délecte de nous imaginer retracer nos rencontres et nos courriers à la lumière de nos nouveaux rôles. Nous avons tant à nous dire…

« Le Nouveau Départ » est un restaurant faisant l'angle de deux rues. Quand elle n'est pas vitrée, la devanture blanche contraste avec la façade grise des immeubles voisins. Après avoir poussé la porte, je pénètre dans un vestibule. L'établissement est probablement un ancien hôtel, car l'entrée ressemble à une réception.

Un serveur en livrée me salue derrière une banque d'accueil au bois sombre. À sa gauche, je découvre la salle du restaurant par une large ouverture. Un brouhaha s'en dégage, des rires, le cliquetis des couverts et le tintement des verres, le cri retenu d'un enfant… Sur les tables, des nappes blanches en tissu fluide descendent à quelques centimètres du sol, composé de dalles couleur crème. Des photographies de rues parisiennes atypiques sont encadrées au mur. À l'extrémité de fils de longueurs inégales, des luminaires disparates pendent du plafond de la grande salle. Je ne peux m'empêcher de la parcourir avidement du regard à la recherche de Fred.

Le serveur se penche légèrement vers moi pour attirer mon attention.

— Bonsoir, Madame. Puis-je vous aider ?

— Bonsoir. J'ai rendez-vous ici à vingt heures avec un ami.

— La réservation est à quel nom ?

— Guerrand.

L'homme baisse le nez vers un agenda rempli de noms, de numéros de téléphone et d'horaires d'arrivée. Une première lecture lui fait froncer les sourcils.

— Je suis navré, aucun nom ne correspond.

J'insiste :

— Il s'appelle Frédéric Guerrand.

S'aidant de son doigt, il passe en revue la liste des réservations avant de dodeliner de la tête. Un frisson glacé me parcourt. Est-ce là l'ultime vengeance d'un patient travesti en amoureux éperdu et resté pervers ? M'avouer ses sentiments et m'humilier en public seraient-elles les dernières étapes d'un terrible plan visant à me faire tomber ? Je n'ose envisager la douleur qui m'accablerait suite à cette mauvaise plaisanterie.

Un vertige me fait dangereusement tanguer d'un pied sur l'autre. J'ai songé à nos retrouvailles deux heures durant, grisée par ce beau dénouement. N'a-t-il pas aperçu que son message avait été lu ? Il avait pourtant deviné que je retournerais sur le site après un temps de latence. Il a dû vérifier…

Le serveur m'arrache à mes pensées :

— Êtes-vous certaine qu'il a réservé à ce nom ?

Je le fixe avec étonnement. Puis l'évidence me frappe. Comme on révèle un secret, je souffle :

— Pokerfaith.

— Il a réservé une table, en effet. Monsieur est américain ?

Je pouffe en secouant la tête, soulagée. Au même moment, un autre homme en livrée fait son apparition. Mon interlocuteur l'apostrophe :

— Henri, tu conduis Madame au petit salon ? Elle est l'invitée de Monsieur Pokerfaith.

— Ah, enchanté !

Le prénommé Henri me serre la main en laissant échapper un rire coquet. Je demande :

— Il y a un problème ?

— Monsieur nous a juste paru amusant. Enfin, nous ne pouvons rien vous dire…

Il semble se contraindre à ne pas trahir une promesse. Il plaisante :

— En tout cas, il vous attend de pied ferme !

L'autre s'esclaffe le plus discrètement possible avant de s'excuser et de reprendre son sérieux. Cette scène me déconcerte, mais Fred est présent, c'est tout ce qui compte.

Henri m'escorte entre les tables de la vaste salle. Des yeux, je cherche Fred en vain. Mon guide s'arrête devant un lourd rideau qu'il écarte pour dévoiler un passage.

— Je vous en prie.

Je descends les quelques marches d'un court escalier. Le rideau retombe derrière moi et je me retrouve seule dans un couloir. Ce dernier se termine par une porte en bois arrondie, ouverte sur une pièce plongée dans l'obscurité. Circonspecte, j'avance à tâtons pour permettre à mes yeux de s'habituer à la pénombre.

Le petit salon comporte une seule table. Deux chaises aux dossiers hauts y sont rangées, tirant sur la longue nappe. En son centre trône un chandelier en bronze à quatre branches. Ses chandelles éclairent deux assiettes, deux grands verres à pied et une bouteille de vin entourée d'une serviette blanche. L'atmosphère dégagée par cette minuscule salle aux murs de pierres est presque oppressante.

Toute cette mise en scène commence à m'inquiéter. Fred ne préconisait-il pas de faire tomber les masques ? Pourquoi est-il absent ? Est-ce un jeu ? Dos à l'entrée, je fixe les ombres mouvantes de la table dressée. Le silence est nuancé par les voix provenant de la salle principale. Leurs éclats étouffés me rassurent. J'entends soudain un couinement infime derrière moi. Je me retourne vivement avant de sursauter. Devant le mur, à droite de l'entrée, se tient une armure entière.

Je m'approche très lentement de la cuirasse luisante. Mes doigts se déposent sur le métal lisse et froid des épaulières et un courant glacé me traverse. Plissant les yeux, je cherche à voir à travers les fentes du casque, mais l'obscurité m'en empêche. Je tends la main droite vers le heaume et glisse mon index sous la pièce en fer censée protéger le visage du chevalier. Alors que je la soulève dans un grincement, des lèvres apparaissent. Surprise, j'ai un mouvement de recul sans lâcher la visière. J'aimerais dire quelque chose, mais cette situation me laisse interdite. Lancelot parle le premier :

— C'est ce qu'ils avaient de plus fin à la boutique médiévale. Je vous promets néanmoins de me mettre à nu le moment venu.

Un rire m'échappe et je relève tout à fait la visière. Attrapant le casque à deux mains, je me hisse sur la pointe des pieds pour avancer mon visage vers celui de mon chevalier. Je stoppe ma progression à quelques centimètres de sa peau. La sensation froide que le métal transmet au creux de mes paumes contraste avec la chaleur qui embrase mes joues. La respiration de Fred semble également coupée par l'approche de ce dénouement. Du nez, je caresse ses pommettes, réceptive à l'énergie électrique qui circule entre nous et, les yeux fermés, je pose mes lèvres sur les siennes.

**Vous avez aimé votre lecture ?
Découvrez les autres romans des éditions So Romance disponibles en format papier et numérique.**

La Saga des Wingleton
Tome 1 : James

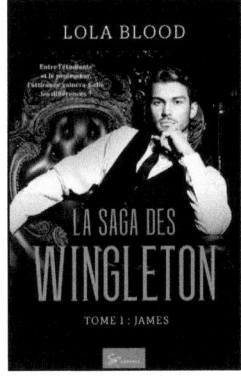

Nina, jeune étudiante de 20 ans, a une vie peu conventionnelle : étudiante le jour, gogo danseuse la nuit. Difficile de garder sa vie nocturne secrète... Et, comme si la situation n'était pas suffisamment compliquée, il fallait que son professeur, James Wingleton, soit cet être aussi intrigant que sexy... qui ne lui semble pas si indifférent. Arrivera-t-elle à résister à la tentation ? Saura-t-elle protéger ses secrets ? Pourra-t-elle combiner son travail de gogo danseuse avec une relation ?

L'Interne
Tome 1 : Première Année

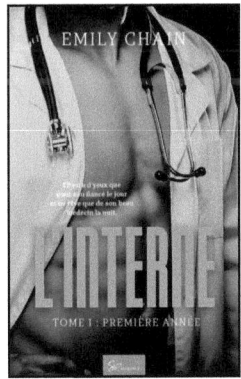

Devoir déménager pour accompagner son fiancé, jeune avocat à l'avenir prometteur ? Pas facile. Mais que dire quand, en plus, on apprend que l'on est stérile ? Le cauchemar pour Julia, qui avait déjà imaginé sa vie de famille... Elle décide donc de reprendre ses études et de se lancer à corps perdu dans son internat dans l'un des plus grands hôpitaux de Los Angeles. Le petit bémol ? Ce beau médecin, Dean, rencontré par hasard quelques jours avant, qui hante ses rêves les plus chauds... Tant que ce ne sont que des rêves, ça va... non ?

Madame Connasse

Agathe, cousine de Corentin Connard, reprend les affaires de Separagence. Après une année en Espagne à se remettre d'une fausse couche dans l'alcool et l'allégresse, elle revient affonter ses vieux démons : un ex-fiancé trompé, une famille abandonnée sans un mot. Et... comme si tout cela n'était pas suffisant, il fallait aussi que cette chère Ella, alias Miss Parfaite, alias la fiancée de son frère, débarque dans sa vie pour mieux la chambouler... Madame Connasse sera-t-elle la digne héritière de Monsieur Connard ?

L'Amant de Pénélope
Tome 1 : Sous le ciel de Grèce

Partir en Grèce pour une semaine de vacances ? Le paradis pour une passionnée de vases antiques, telle que Pénélope. Y retrouver sa sœur fraîchement mariée avec un jeune milliardaire ? Encore mieux. Cependant, Pénélope s'attendait à tout sauf à ce baiser grisant, volé par un inconnu dans les recoins sombres d'une biblitohèque... pour ensuite se rendre compte que cet inconnu n'est autre que l'archéologue qui l'accompagnera durant son périple. Un baiser peut-il vraiment tout changer ?

Pour en savoir plus
www.soromance.com

© Éditions So Romance, 2019 pour la présente édition

Éditions So Romance
159 avenue de la Couronne
1050, Bruxelles

www.soromance.com
ISBN : 9782390450863

Maquette de couverture : Philippe Dieu
Photo : © Sofi photo / Shutterstock